幻冬舎

チェーン・ピープル

三崎亜記

チェーン・ピープル

装画・高杉千明
装丁・幻冬舎デザイン室(赤治絵里)

チェーン・ピープル　目次

はじめに

この本では、各章ごとに一人の人物にスポットをあて、合計「六人」の、さまざまな人生の軌跡を辿ってゆく。今も世間をにぎわす有名人もいれば、かつて光を浴びたものの、いつのまにか話題に上らなくなった人物、まったく無名の個人までさまざまだ。

人は誰しも、いつかその存在は忘れ去られ、心に抱えた想いも消え去ってしまう。だからこそ人は、自分の生きた証《あかし》を残そうとする。それが記憶であり、そして記録だ。だが、時を経て人の記憶は薄れ、記録もまた、日々蓄積される膨大な情報の中に埋もれてしまう。

時の流れの中で、何が残り、何が消えてゆくのだろう。それぞれの想いや生き様は、どう伝わり、そして伝えられたのだろうか。「六人」の生きた姿を通して、それを確かめてみたい。

正義の味方

—— 塗り替えられた「像」 ——

岬の突端にある小さな公園に、その像は立っていた。

「ねえ、おとうさん。これってなぁに？」

五歳くらいの男の子が、しぼみかけた浮き輪を抱えて、像に駆け寄ってくる。

夏の盛りの岬の高台には、蒸し暑い風が吹き渡っていた。十キロ以上に亘《わた》って砂浜が続く海辺のリゾート地だが、海上を通過した台風の余波で波が強く、ビーチは遊泳禁止だった。

父親は、ビーチサンダルをだらしなく引きずるような歩き方で息子の後を追い、大儀そうに汗を拭《ぬぐ》いながら像の前に立つ。海水浴にやって来たものの、海以外に子どもを遊ばせる場所もなく、行き場に困って訪れた様子だ。男の子が未練がましく抱えた浮き輪が、諦《あきら》めきれない海への思いを伝える。

左手を腰にあて、右手を高く天に突き出して仁王立ちする銅像の姿を、父親は改めて見上げた。心覚えがないのだろう。顎に手をやったまま、時を経て読みづらくなった銘板に顔を寄せる。

「なになに、え〜っと、正義……の？　味……方、の像。ああ、正義の味方の像って書いてあるんだよ」

「せいぎのみかたって、なぁに？」

息子の質問に、父親はすぐには答えられずにいた。頭の中の雑多な情報から、目の前の像に関する記憶を手繰り寄せるように、何度か首を傾《かし》げた。

「う〜ん、何だったかなあ。まあ、銅像になるくらいだから、偉い人なんだよ、きっと」

そう言いながらも、像を見上げる視線に尊敬の念は感じられない。三十代半ばであろう彼は、銅像となった存在が活躍した頃には、生まれてもいなかったはずだ。銘文に刻まれた文章を眼《め》で追っているが、表情が輝くことはなかった。

「遠い星から来て、この国を『敵』から守るために戦ってくれた、とっても偉い人なんだって」

「ふ〜ん」

父親の知り合いの、知らないおじさんでも紹介されたように、男の子は胡散臭《うさん》そうに像を見上げている。

だが、そうして立ち止まって注目するだけ、まだましなのだろう。散歩に訪れた地元の老人や、ジョギング中の中年男性は、単なるオブジェとしてすら像に関心を払ってはいない。

忘れられているわけではない。だが、尊ばれてもいない。この公園において像は、夜の安全を守る外灯や、夏の木陰を提供する樹木よりも格下の存在だった。

「おとうさーん、こっちで遊ぼうよぉ！」

男の子は早々に像への興味を失い、砂場でお城をつくるのに熱中しだしている。その姿は、我々の心の移ろいやすさを象徴するかのようだ。この岬は、「彼」が初めて、私たちの前に姿を現した、記念すべき場所であるにもかかわらず……。

◇

【正義の味方】（セイギ‐ノ‐ミカタ）

学名　なし
体長　およそ二十五～三十メートル
体重　不明（地表に残された足跡より、およそ十トンと推測される）
生息域　不明（他星系ともされるが、定かではない）
生息数　不明
生態　ほとんどわかっていない。飛翔能力、および電光・電撃能力を持つとされるが、誤りである。

（「現代未確認生物目録」より）

いわゆる「正義の味方」が、「彼（性別はきちんと定義付けされていないので、便宜的にそう呼ぶ）」の故郷であると言われている「遥か彼方《かなた》の星雲」へと帰ってしまって、もう四十年以上の月日が経《た》つ。

四十年前、まだ少年だった私にとって、「正義の味方」とは文字通りヒーローだった。父親の見るニュースの冒頭で流れる華々しく戦う姿を、わくわくしながら見守ったものだ。だが次第に、「正義の味方」関連のニュースは「補償」や「国防」や「裁判」などの、子どもには難しい話題で取り上げられることが多くなり、いつしか興味を失ってしまっていた。

「正義の味方みたいに迷惑な奴だな」

引退した老政治家のインタビューの際に、私はそんな言葉を浴びせられた。十年前、彼が関わったと噂される、ある事件について触れた時のことだ。

「あれは既に終わったことだ。せっかく丸く収まったものを、正義面してしゃしゃり出て来て、今さら引っ掻《か》き回す気か？」

記憶の奥底で埃《ほこり》を被《かぶ》っていた、「正義の味方」という呼称が、鈍い光を放つ。それと同時に、彼の中には、私とはまったく違う「正義の味方」の像があることに驚かされる。

それから私は、「正義の味方」が姿を消したとされる時期の新聞記事を掘り起こしてみた。当初の記事では、「すぐに戻って来るだろう」という声が多数だったが、時が経つにつれ、「二度と戻って来ないだろう」という論調が多くなっていった。だが奇妙な点は、「すぐに戻って来るだろう」という予想が悲観論として語られ、「二度と戻って来ないだろう」という意見が、楽観論から生じていたという点だ。

そして四十年の月日は、悲観論も楽観論も、日常の蓄積という砂時計の砂の下に、深く埋めてしまった。

国民の期待を一身に集めて戦ったはずの「正義の味方」は、次第に疎まれだし、ついには姿を消さざるを得なくなった。彼はなぜ、そのような扱いを受けるに至ったのか。「彼」の像を前にして改めて、その「人生」に思いを馳《は》せる。

私の中で彼は、どのような像として浮かび上がって来るだろう。彼の大きさは？　姿かたちは？　発する声は？　記憶の底をさらってみるが、極めて断片的な姿しか浮かび上がって来ない。

私は、さまざまな立場から言及された当時の記録を辿ることによって、彼の本来の「像」を明確にしていきたいと思う。

彼が、「敵」と戦い続けた日々を……。

◇

――「敵」出現、これで七度目

七日午後二時過ぎに、崎矢岬沖十キロの海上に出現した未確認巨大生物（いわゆる「敵」）は、比企之浜付近より上陸した。矢嶋市狩野地区、安来地区の住宅街に被害を与え、出現より十五分後に再び海へと姿を消した。

これにより、両地区合わせて三十五棟に全半壊の被害が生じた。比企之浜海浜道路は街路樹や街灯の倒壊のため、一時通行止めとなった。政府は災害対策本部を設置すると同時に、迅速かつ的確な救助活動を行うことを関係部局に通達した。

（城西新聞朝刊より）

その当時、この国は「敵」の出現に悩まされていた。「敵」はいつも予想外の場所に出没し、思うさま国土を蹂躙《じゅうりん》すると、満足したようにいずこともなく消え去っていった。
もちろん予測不可能とて、国として「敵」のなすがままにしておくわけにはいかなかった。すぐさま、「敵」出現時の市街地への侵攻を食い止めるべく、迎撃態勢が議論された。
だが、「敵」の侵攻は止められなかった。攻撃が効かなかったというわけではない。それ以前に、攻撃するという決断が下せなかったからだ。
「敵」の最初の襲来から二週間も経ってから開かれた「未確認生物襲来被害検討会議」の場では、「敵」の正体について、四つの可能性が示された。

【未確認生物の処遇についての閣議決定事項（抜粋）】

——緊急閣議によって、先般の未確認巨大生物は、以下の四つのいずれかと推定されるものと決定された。
①既知の生物が、何らかの条件によって巨大化、変形したもの
②未知の巨大生物
③周辺他国によって送り込まれた生物兵器、もしくは機械兵器

④他の星系より飛来した未知の生命体

攻撃の指示を与える大臣は、①であれば国土建設大臣、②であれば文部科学大臣、③であれば国防大臣、といった具合に異なり、④に至っては、対応する省庁の想定すらされていなかった。敵の存在が明確ではない以上、それに対して攻撃が可能かどうかもまた、定義付けできなかったのだ。

更には、攻撃することによってどんな反撃や被害が生じるかもわからないという点が、省庁ごとの押し付け合いにつながった。

①や②であれば、野生生物の保護を司る国際条約の禁止条項に触れる可能性があり、③であれば、思わぬ反撃が来た際の迎撃用の武器の使用を国会で審議する必要があった。④の場合は更に、攻撃することによって未知の物質や病原菌が市街地に拡散するであろうことも視野に入れておかなければならない。

そうした背景もあり、緊急閣議後の臨時国会における首相の答弁は、極めて曖昧《あいまい》なものに終始した。

――未曽有《みぞう》の被害を及ぼした未確認巨大生物による災害は、筆舌に尽くしがたいものがあり、被害に遭われた皆さまには、心よりお見舞い申し上げる次第であります。

引き続き、未確認生物に関する検証を進め、その出現地域の予知、ならびに上陸の阻止に全力を尽くし、関係各所との連携を深めていく所存であります。

与党支持率が低迷している中、積極的な対応を主張することで支持率アップを目論《もくろ》む議員もあるにはあったが、誰も、「火中の栗」を拾おうとはしなかった。

野党各党は、「注意深く推移を見守りたい」と繰り返すばかりの与党側の答弁を恰好《かっこう》の攻撃材料として、徹底追及した。とはいえそれは、代案は決して示されない「批判のための批判」でしかないという点で、従来の党利党略に基づく政策論争と何ら変わりはなかった。事態を打開の方向へと舵《かじ》取りする者は誰もいなかったのだ。

人々は、「敵」という嵐の襲来を前にして、台風のような「予想進路」も示されないまま、漫然と怯《おび》え、逃げ惑うしか術《すべ》がなかった。

そうして、無為無策のまま「見守る」うちにも、「敵」は何度となく上陸し、思うさま破壊の限りを尽くしていったのだ。

◇

結局のところ我々は、防衛力としての軍備を持ちながら、向けるべき対象が「想定していない存在」という点で、行使することもかなわず、「敵」のなすがままの状態であった。

それゆえ、「敵」を倒してくれる救世主の出現を、国民誰もが願っていた。

そんな時に、まさに彗星《すいせい》のように現れたのが、「彼」＝「正義の味方」だったのだ。

突然姿を現したその存在は、「敵」の前進を阻み、取っ組み合いのようにくんずほぐれつを繰り返した後、最終的に海へと追い返してしまった。我々からは奇声としか捉《とら》えられない声を発するのみで、意思の疎通はできなかったが、彼が「敵」の市街地への侵攻を食い止めてくれたという点は、紛れもない事実だ。

翌朝の主要紙の一面の見出しは、次の通りだ。

新たなる「敵」の出現か？（A紙）
二体の「敵」出現（B紙）
「敵」同士討ちか？（C紙）

主要四紙のうち三紙は、我々にとっての更なる災厄につながるだろうと、「彼」の出現を否定的なニュアンスで報じた。

――突然出現した、もう一体の未確認巨大生物は、従来の「敵」の侵攻を妨げるように前方に立ち塞がり、互いに威嚇《いかく》し合った。やがて二体はどちらからともなく激しくぶつかり合い、互いを憎み合うかのように攻撃行動を繰り返した。

そうして、「敵同士の仲間割れの余得として、街への侵攻が食い止められた」として、「たまたま助かった」といった論調に終始した。「彼」の出現やその行動に期待することには慎重であるべきだと主張したのだ。

一方、日頃から国土防衛や周辺国との連携を論じる上で、他紙とは論調を異にするD紙の主張だけが、今回も異彩を放っていた。

――「正義の味方」の出現か？

ついに希望の光が出現した。理不尽なる「敵」の蹂躙になす術を知らなかった我々の前に、救世主となるべき存在が現れたのだ。（中略）彼をして「正義の味方」と呼ぶことに、何の躊《ちゅう》躇《ちょ》もいらないだろう。

手放しで賞賛し、「敵」に対処できない我々にとって、彼が唯一の希望に違いないと、肯定的な論陣を張った。

翌日のテレビのワイドショーの見出しは、次の通りである。

【火曜　奥様スクランブル】

ついに救世主登場！　我らの希望、正義の味方の姿を、カメラは捉えた！

【ときめき・ワイド】

とにかく強い！　心躍る正義の味方の戦いぶりを完全公開！

【モーニング・チューズデー】

素敵！　華麗！　正義の味方の全貌に迫る！


視聴者受けを第一とする民放各社は、「正義の味方」説に飛び付いた。「彼」の行動には、我々一般的な人間の判断では意味不明な点も多々あったが、それらに逐一「正義の味方」としての理由付けをしては、大仰に賞賛したのだ。

こうして、いつしか彼を、「正義の味方」と呼ぶことが、国民の間で定着していったのだ。

◇

その後も何度となく、「敵」は出現した。

だがいずれの場合も、住宅地に被害が及ぶ寸前で「彼」が出現し、人的被害を水際で食い止めてくれた。国民誰もが、「敵」の駆逐に喜び、「正義の味方」に快哉を叫んだものだ。

そうした風潮が決定的になったのは、「彼」が、一般生物にはない攻撃用の特殊光線を発射して「敵」を撃破するという誤解が、事実として定着してしまったからだ。

この時期、未《いま》だ「敵」への対処方法を確立できていなかった国防陸軍は、敵と「正義の味方」

を取り巻く形で、半径一キロの円周上に戦車や装甲車を展開していた。そのうちの一台の戦車が、突然の「敵」の接近に戸惑ったのか、主砲を誤射してしまったのだ。背後からの直撃を受けた「敵」は横ざまに吹っ飛び、近隣住宅十数棟を全半壊させてしまった。

　避難していた周辺住民の目撃証言は多数あったと噂される。だがそれは、国防に関わる機密保持という名目で、完璧に封じ込まれた。

　だが、テレビ局が生中継で撮影していた映像までは隠しようがない。映像には、誤射した戦車は写り込んではいなかったものの、ちょうど正義の味方の背後に隠れた箇所から発射された主砲の軌跡が、はっきりと映し出されていた。

　間接的にではあるが、国防軍の武器使用によって国民財産が被害に遭ったのではないかという前代未聞の疑惑に、官房長官はブリーフィングの場で苦しい答弁を強《し》いられた。


（記者）国防軍の誤射に関しては、どう考えるか？

（長官）そうした情報は、こちらには入ってきてはいない。

（記者）テレビ映像として残されているが？

（長官）映像は政府としても確認したが、戦車から発射されたものであるという確認はできなかった。

（記者）それでは、「敵」に向けられた攻撃は、どこから発せられたものと判断するのか？

（長官）…………

（記者）答えられないということか？
（長官）あるいは彼……正義の味方が発したという可能性も考えられる。
（記者）そうした能力があると、政府として判断しているということか？
（長官）正義の味方という特殊な存在であるから、そのような、光線発射能力が無いとは言えないのではないか。

そうして、誤射の事実を覆い隠す形で、「正義の味方は必殺の光線を出す」という強弁が、あたかも真実であるかのように居座ってしまった。また、このやり取り以降、「彼」が「正義の味方」であるというお墨付きが、政府によって与えられた形となった。「彼」による「敵」への攻撃の正当性を強めるためにも、当時まだ評価が定まっていなかった「彼」を、「正義の味方」と断定した方が、都合が良かったからだろう。

なお、余談ではあるが、「彼」が自由に空を飛び、他の星系からやって来たという俗説が定着したのも、政府与党の苦し紛れの答弁からだ。

――飛んでいる場面を見ていないからといって、彼が飛べないとは断言できないわけでありますから……。

（国防大臣国会答弁より）

出現時以外の、彼の生息場所を特定できないことへの責任逃れであり、同時に、彼に対して攻撃するという決断を先延ばしするための答弁によって、遠い星系から来たという奇想天外な出自が正当化されることとなったのだ。

◇

こうして、「敵」の侵攻は、「正義の味方」によって妨げられ、建物や人への被害は激減した。だが、それが何度となく繰り返されるようになると、さすがに、喜び一辺倒ではない反応も表れてくる。

疑問視されたのは、彼の出現が、あまりにもタイミングが良過ぎるのではないかという点だ。神出鬼没な「敵」の前に、「お待たせしました」とばかりに絶妙なタイミングで登場するのだ。あまりにご都合主義的ではないだろうか？　まるで、初めからそうしたシナリオがあったかのように……。

そうなると、高揚したムードによって包み隠されてきたさまざまな疑問が、一気に噴出してきた。

なぜ、「敵」はこの国にばかりやって来るのか？

なぜ、「正義の味方」は、住民に被害が及ぶ直前まで手出しをしようとせず、姿を現さないのか？

なぜ、「正義の味方」本人には何の利益も生じないであろう、「敵」の侵攻阻止に、自らの危険も顧みず、心血を注ぐのか？

動物行動学の研究家である林雄三郎氏は、正義の味方の行動の矛盾に対して疑問を示した。


【不可解な、攻撃行動】


——現在、巷間《こうかん》を騒がせている「正義の味方」とも俗称される未確認生物は、生態や生息環境が未だ不明のままであるが、その行動の面からも、疑問を感じざるを得ない点が多く存在する。

（中略）最も奇妙な点は、その執拗《しつよう》な攻撃行動である。もちろんそれが、自らの縄張りを守るための行動であれば、鳥類、魚類において、そうした攻撃性は多々見られる。だが、「正義の味方」は、常時その場所に棲《す》み付き、「縄張り」を守っているわけでもない。彼はいったい何の意図をもって、敵を執拗に攻撃するのだろうか？


こうした風潮から、「敵」の出現から「正義の味方」による駆逐まですべてが、何らかの筋書きに従って行われているという、「陰謀論」が生じるのは、自然な流れだったろう。

では、「陰謀」を企てたのが誰で、それにより、どんな利益を得るというのだろうか？

さまざまな憶測が、生じては消えていった。

◇

国内左派、右派は、それぞれの反応を示した。

左派最大機関紙「緑風の楔《くさび》」は、お決まりの「大国陰謀論」を展開した。

——今回の、「敵」および「正義の味方」にまつわる一連の騒動すべてが、あらかじめ仕組まれたものであるのは明白だ。与党御用紙であるD紙が、「正義の味方」の存在を手放しで賞賛している点が、それを雄弁に物語っている。

某軍事大国の、我が国を弱体化させ、支配下に置く上での戦略的かつ卑劣な作戦であろう。

それに対し、右派機関紙「旭光《きょっこう》」は、対照的な論調で、国防にまつわる自説を展開した。

——「正義の味方」は、国土を身を挺《てい》して守ってくれた戦士であると言っていいだろう。だが、我々は彼に頼りきっていいものだろうか?

いたずらに外部勢力に頼ることはすなわち、国民の、国を自らの力で守る意志の弱体化につながりかねない。あくまで我々国民自身の手によって、国土は守られるべきである。

真逆の反応を示しやすい両派が、「正義の味方」に限っては、揃ってその存在意義について疑問符を突き付けた形になる。

（せいぎのみかたのかんさつ）
あらわれた回すう　三十二回
一ばんみじかいじかんのたたかい　二ふん四十三びょう
一ばんながいじかんのたたかい　七ふん二十一びょう
（小学生自由研究コンクール優秀賞、二年生の部）

極めて短時間しか人々の目の前に出現しないという点も、彼の神秘性、そしていかがわしさの両面を際立たせる結果となった。
彼が政府の強弁通り、他星系からやって来たというのであれば、彼自身の住む星とは大気の組成も異なるであろうから、この星での活動に制限が生じるであろうことは充分に考えられるが……。
三分弱から七分という手頃な時間の中で、「正義の味方」と「敵」それぞれが攻撃の見せ場をつくり、「正義の味方」が万事休すのピンチに陥った後、奇跡的な逆転で勝利をおさめる……。様式美のようなお決まりのパターンに、かつての「プロレス」的な、ショーを盛り上げるための仕掛けの匂いをかぎ取る者も多かった。

プロレスリングの世界で、さまざまなスターを生み出してきた陰の立役者、黒田豪拳氏の著作『スターの条件』は、「正義の味方」の一連の立ち振る舞いに、ショーとしての視点から光をあてた、エポックメーキングな一冊だった。

――「正義の味方」って奴が、俺たちの前で繰り広げた、たった三分間の攻防。あそこにゃ、俺たちが目指す理想の「ショー」のすべてがあったと言っても過言じゃないね。あれが仕組まれたものじゃあないってんなら、奴は戦いを「魅せる」天才だね。もしも全部が計算されたものだって言うんなら、奴は稀代《きたい》のパフォーマーと言うべきじゃないか。

俺たちが、すっかり衰退しちまったこの業界の復権を願って教えを乞おうってんなら、そいつは奴をおいて他にはいないと思うぜ？

彼は著作の中で「正義の味方」を、「三分間のパフォーマー」と呼んだ。その影響もあって、以後、「正義の味方」がこの星で活躍できるのはたったの三分間で、一秒でも過ぎると死んでしまうという誤解が定着してしまった。

◇

【呼ばれもせずにしゃしゃり出た、お調子者の正義漢】

【チョー迷惑。またも住民多大な被害】

【もーこりごり。二匹揃って宇宙へお帰りあれ！】


いずれも、「正義の味方」出現十五回～二十回程の時期の、スポーツ新聞の見出しである。刺激的な見出しで購買意欲をそそるスポーツ紙であるから、記事内容には虚々実々織り交ぜた部分があるが、当時の人々の心情を幾分かは投影したものであったろう。

「喉元過ぎれば熱さを忘れる」の諺言《げんげん》通り、人々は「正義の味方」が現れるまでに「敵」から受け続けた被害を、すっかり忘れ去ろうとしていた。

新聞、週刊誌の誌上で、「正義の味方逆効果論」や「火に油を注ぐ正義の味方論」が盛んに取り沙汰されることとなったのは、そうした民意の変化を敏感に汲み取った結果だろう。


だいたいさぁ、ホントなら、「敵」だってとっくによそへ行っているはずじゃないの？　この国が「敵」にとって天国ってわけでも、住みやすい場所ってわけでもないんだからさぁ。

あとほんのちょっとだけ、被害に目をつぶって、「敵」のやりたいようにさせておけば、「敵」もきっとわかってくれるんじゃないかな。ここは自分のいるべき場所じゃないって……。

それなのに、「正義の味方」がしゃしゃり出てきて挑発するもんだから、「敵」もいつまでもこの国にこだわってしまうんだよ。

ああ、「正義の味方」がいなくなってくれれば、どんなにいいだろう。

（中学生新聞　読者投稿より）

世間は、「正義の味方」への評価を一変させた。いつまでも「敵」の注目をこの国にひきつける厄介者という見方すらされるようになってしまったのだ。
ちょうどその頃、国土保全省の取りまとめた「災害白書」によって、「敵」と「正義の味方」による被害の実態が明らかにされた。

【「敵」襲来による国土の被害額】

「敵」単独出現時　　平均十七億円
「正義の味方」出現後の複合的要素によるもの　　平均二十三億円

「敵」が単独で暴れてるよりも、「正義の味方」が戦うことによる被害の方が大きいことが金額面で明らかにされ、批判の矛先を「正義の味方」に向けることにお墨付きが与えられた恰好だ。
もっとも、「敵」が「正義の味方」に阻まれなかったとしたら、どこまで侵攻していたかを予測することは不可能なわけであるから、この被害額算定は多分に恣意《しい》的なものであると言えるだろう。

だが、このような報告は、得てして数値だけが独り歩きをしてしまうものだ。以後、新聞やテレビのワイドショーでは、「ありがた迷惑な正義漢」としてのレッテル貼りが常套《じょうとう》化することとなった。

◇

動物保護団体も声を上げ始めた。

我々が「敵」と見なしている生物は、実は「敵」などではなく、保護するべき存在なのではないか、と主張しだしたのだ。

【動物虐待を見逃す、「先進国」とは？】

――世間では、あの存在を「敵」と表現していますが、とんでもないことです。あの子は単なる巨大生物なのです。

あの生物自体に、「破壊」や「蹂躙」の意図があるはずがありません。あの子は、大きな赤ん坊のようなものなのですから。それをいたずらに敵視し、攻撃する「正義の味方」なる存在を容認するとは、果たして我々人間が目指してきた、文明社会の在り方なのでしょうか？

（ペット＆ファミリー　特集「隠れた動物虐待」より）

実際問題として、現実的な被害に対してどのような対応ができるかという具体案を示さないまま一方的に「敵」を擁護する姿勢は、無責任そのものであった。だが、動物保護団体からすれば、人間も、「敵」も、この星の生態系の、一つの「種」なのだ。

そんな彼らにとって「正義の味方」は、別の星からやって来て、この星の生態系を壊す「外来種」に過ぎなかった。しかも彼は、「敵」を捕食するわけでもなく、ただひたすらに攻撃するのみだ。「正義の味方」の存在や行動は、動物保護団体にとっては何重もの意味で、許されざるものであったのだろう。

◇

そもそも「正義の味方」とは何なのか？

議論の矛先は、「正義の味方」という呼称そのものへと向けられた。

――いわゆる「正義の味方」呼称問題について――

まずもって、彼の呼称の「正義」とは何を示しているのだろう。「正義を体現する存在として、我々に味方する者」なのか、それとも、「正義であるところの我々に、味方・助力する者」なのか。つまりは、「正義」という概念が「彼」を指すのか、それとも我々「人間」を指すのかという点については、議論が分かれるところであろう。

（文化審議会国語分科会報告書　諸那賀審議委員の発言より）

これをきっかけに始まった「正義の味方呼称論争」は、従来曖昧なままであった「正義の味方」の存在や行動の意味について、再定義する方向へと向かった。

彼自身が「正義」であるとするならば、まずは「敵」に対して攻撃ありきではなく、何らかの形で侵攻を止《や》めるよう説得を試みるべきではないのかという意見が多数を占めた。我々人間が勝手に付けた呼称であるにもかかわらず、彼は「正義漢を装った乱暴者」として、行動そのものが批判の対象となったのだ。

では、「正義」が我々人間自身を指すとしたらどうであろう。果たして我々は、彼に無償で「味方」として加勢されるほどに、「正義」なのだろうか？

単なる言葉の意味としてだけではなく、その疑問は「正義の味方」という概念そのものへも向けられていったのだ。

作家、侑那妃美子（有賀佐和子より改名）は、この時期から菜食主義に目覚め、高原での隠遁《いんとん》生活を開始した。いわゆる「自然回帰派」のオピニオンリーダーとなった彼女は、当時のエッセイで、このように語っている。

――言うまでもなく我々人間は、環境を破壊すること、食い尽くすことに何の躊躇もない、悪《あ》しき存在でしかありません。この星全体を一つの環境として捉えれば、むしろ「敵」に思うさま蹂躙された方が、理に適《かな》っているのではないでしょうか。

この星の生態系の自然な秩序は、我々愚かな人間の思惑を超越して、圧倒的な「正義」と言えるでしょう。つまりは「敵」の行動もまた、自然の秩序の「正義」の範疇《はんちゅう》であり、「彼」は我々人間の愚行に手を貸す、「蒙昧《もうまい》なる巨人」でしかないのです。

つまる所、「彼」は我々の、自然界での横暴を肩代わりする存在であり、象徴する存在であり、覆い隠す存在でもあった。いずれにしろ、その行為が正当化されることはなかった。

◇

こうして、「敵」と「正義の味方」の存在意義は、国民の中でも意見が一致せず、確固とした「正義の味方」像は、確立し得なかった。

【いわゆる「正義の味方」に関する世論調査】

・「正義の味方」は「善」であり、存在すべきである………23・7％

・「正義の味方」は「善」であるが、存在すべきではない……3・3％
・「正義の味方」は「悪」であり、存在すべきではない………27・1％
・「正義の味方」は「悪」であるが、存在すべきである………32・0％
・その他・わからない………11・9％

調査手法……電話による聞き取り
調査対象……都区内在住二十～六十代　五百人
調査期日……八月三～五日

数値化されることで、ようやく国民の意見がはっきりするかに思えたが、逆の結果しか導き出されなかった。「悪の駆逐」を唱える側は、「悪」と「必要悪」とを足した59・1％をその根拠とし、「必要」を唱える一派は、「善」と「必要悪」とを足した55・7％を拠り所とし、互いに「過半数」として自説を譲らなかった。ますます議論は紛糾してしまったのだ。

その結果、ニュース番組などでは、どのような意見の国民からも非難を招かないような玉虫色の表現で、「正義の味方」が扱われることになった。

――続いては、今日のトピックスです。尾《お》の尻《しり》海岸沖に出現し、上陸を開始した、「意図不明のまま、その進行によって国土に危害を及ぼすと危惧される存在」、いわゆる「敵」は、岬の灯台を破壊、もしくは「通行のために止《や》む無く破損」し、市街地に向けて進み始めました。

そこに新たに出現した、「『敵』という存在の進行を食い止める意図を持って出現したと思われる存在」、いわゆる「正義の味方」によって、前進を阻止、もしくは妨害されました。

なお、これによる被害総額は、いわゆる「敵」による被害が二十億円、いわゆる「正義の味方」との交戦によるものが三十億円と試算されております……。

（「プライムニュース9」九月一日報道内容より）


一見、中立の立場での報道にも思えるが、災害白書を踏襲した巧妙な民意誘導が施されていた。国土保全省の意を受けた報道統括庁による、局へのレクチャーがあったのは明らかだ。

これぞまさに、恣意的な偏向報道であるが、我々は見事に垂れ流された報道を鵜呑《うの》みにし、国民世論は徐々に、「正義の味方」不要論へと傾いていったのだ。

◇

「正義の味方」に関する調査は、学校教育の場でも実施された。その結果、小学生の「正義の味方」肯定派は、成人のそれよりもずっと多かった。

教育界もまた「正義の味方」の「悪影響」に言及せざるを得なかったようだ。

――あの存在を、子どもたちにどう教えるか……？

いわゆる「正義の味方」が敵を痛め付ける映像に、子どもたちが拳を突き上げ、歓声を上げる姿を見るにつけ、私は無力感に苛《さいな》まれてしまいます。それはまるで野球観戦で、贔屓《ひいき》のチームが逆転勝ちを収めた時のように、悪びれる様子もない歓《よろこ》びようなのですから。

彼が自然界に存在し、「敵」を捕食するために攻撃しているのであれば、私は子どもたちに、厳しい自然界の掟《おきて》なのだと語ることができます。ライオンが生きるためにシマウマを襲うように、それは自然の摂理なのですから。（中略）

私が今まで、子どもたちに繰り返し伝えてきた、二度と戦争を起こしてはいけないという不戦の誓い。それが今、たった一人の横暴な存在によって、無に帰そうとしているのです。

近隣国との関係が緊張し、再び軍靴の音が聞こえてきそうな今、「正義の味方」という捏造《ねつぞう》された姿が、無垢《むく》な子どもたちの心に、不自然な影を落としはしまいかと、強い危惧を覚えてしまいます。

（第二十一回定期報告会　岡倉裕子教諭の研究報告より）

こうして、将来のこの国を担う子どもたちを教育する場においても、「正義の味方」は悪影響と判断されてしまったのだ。

◇

【10・25　決戦闘争】

今こそ、暴走を止める時！　市民の力で、暴力への盾を築け！

極端な思考をする者は、どんな場所にも存在する。

動物保護団体のうちの過激な一派は、「正義の味方」を凶悪な暴力主義者と断定し、「護《まも》るべき無垢なる存在」に対する攻撃をやめさせるべく、実力行使に打って出た。

統計的に「敵」が出現しやすい場所に陣取り、「正義の味方」が現れるよりも一足先に、「敵」の前に飛び出して、人間の壁として立ち塞がったのだ。

だが、そこは意思の疎通のできない相手だ。「敵」は、護ろうとした彼らを、何の躊躇も見せずに踏みつぶしてしまった。

慌てて逃げ出した残党たちを救ったのは、他ならぬ「正義の味方」だった。「敵」の猛攻を受けながらも彼らを掌《てのひら》に包み込んで守りきり、安全圏に避難させてから、改めて「敵」への攻撃を始めたのだ。

結果的に「正義の味方」に助けられてしまった生き残りの一派は、神妙に変節を遂げるかと思いきや、予想外の反応を見せた。

——凶悪なる暴力主義者は、我々の「護るべき無垢なる存在」への恐怖感を煽り、更に彼に対する敵愾《てきがい》心を消失させるために、敢《あ》えて数名の犠牲者が出るまで時間稼ぎをし、私たちを生き延びさせたのだ！

そうして、いいように弄《もてあそ》ばれたことによる「精神的苦痛」を訴え、彼らは「正義の味方」を相手取って裁判を起こした。

自然開発に対する訴訟で、その地に生息する野生動物が原告となって「原告として適格か？」が話題になる例はあるが、今回は、「正義の味方」が「被告として適格か？」が問われることとなった。

果たして彼は、訴える相手として適格なのか。そもそも違う星からやって来たとされる存在を、この国の法律に則《のっと》って訴えることができるのか。第一、相手を「人間」として認定できるのか……。

さまざまな議論があったが、結局、訴えは適切と判断され、裁判は開廷された。当時は国民参加裁判制度の導入が議論されていた頃だ。「正義の味方」という、どこからも批判が起こりそうもない存在をダシに使って、司法制度への国民世論の喚起が目論まれたのであろうことは、想像に難くない。

もちろん「正義の味方」が裁判に出廷するはずもなく、被告人不在のまま、彼の敗訴が確定した。偶然か必然か、有罪が確定したその日を限りに、彼はこの星に姿を見せることはなくなった。

【「正義の味方」の看板を下ろす無様な敗走ぶり】

――正義とは無償の善意であり、「正義」を体現する者は孤高の求道者でなければならない。ヒロイズムに酔い、見せかけの正義感を振りかざす狼藉者《ろうぜきもの》に、我々はノーを突き付けたのだ。

（城西新聞朝刊より）

人々は彼の不在を、「敗走」と見なした。報道各社は競い合うようにして、「臆病者」「卑怯《ひきよう》者」というレッテル貼りを行い、もはや彼を擁護する者も、顧みる者も、誰もいなくなった。

それからもう、四十年の月日が経ったのだ。

◇

――「正義の味方」は、私の「味方」であったのか？

「彼」は、「敵」との取っ組み合いの末、投げを受けて転がされ、私が三十年ローンでやっと買い求めた家を、あっけなく押しつぶしたのです。

「彼」の巨大な足が、妻を、そして息子の右腕を踏みつぶしてしまった。

「彼」は表情を変えずに立ち上がると、踏みつけた二人を見向きもせず、いやきっと、踏みつけたことすら理解せず、再び「敵」へと向かっていったのです。


『私にとっての正義の味方』と題された本に辿り着いたのは、まったくの偶然であった。その本は、崎矢岬のある和狩《わかり》地区の公民館図書室に寄贈本として置かれ、誰も読み手がいないまま埃を被っていた。自費出版されたものらしい、よくある「自叙伝」である。出版されたのは四十年前、正義の味方が姿を消した直後だ。


たとえば、一人の人の命を奪った殺人者が、それによって悔い改め、後に数千人、数万人の命を救う存在になったとしたら、彼は殺人者として弾劾されるべきでしょうか？　それとも、救世主として崇《あが》められるべきなのでしょうか？

もし人々が、彼を救世主として認めるならば、殺された一人の残された家族もまた、彼を「救世主」として認めなければならないのでしょうか？　彼を「殺人者」として憎み続けることは、決して許されないことなのでしょうか？

「正義の味方」によって家を失い、妻を、そして息子の右腕を失った私は、彼を憎み、糾弾することが許されるでしょうか？

いいえ、そんな私だからこそ、他の誰よりも、彼を「正義の味方」として賞賛しなければならないのでしょう。彼がやったことは、決して間違ってはいないのですから。

（中略）

今も私は、右腕を失った息子と共に、彼が飛び去った空を見上げています。肉眼では、その「星」を見ることはできないそうです。それでも確かに、彼はそこにいるのです。きっと今も、我々を見守ってくれているのでしょう。

本を手に、公民館の窓口の女性に、著者について尋ねてみる。初老の女性は、そんな本があったことすら知らなかったようで、首を傾げるばかりだ。

たまたま館長と雑談をしに来ていた老人が、私の手にした本を目にして、老眼鏡をかけ直して、ためつすがめつ眺めた。

「ああ、野口さんならもう亡くなっとるよ。五年ほど前だったがな」

「そうですか……」

できることなら彼に会い、本を書いた当時の思い、そして今の気持ちの移り変わりをインタビューしてみたかった。だがそれも、叶わぬ夢となった。

「だけど息子さんなら、少し離れた場所に住んでるがね」

老人の言葉に、立ち去りかけていた私は思わず振り返った。

「息子さんというと、正義の味方によって右腕を失った男性ですよね？」

老人は、我が身に起こったことのように、右腕をさすりながら頷《うなず》いた。

「野口さんも、あのでっかいのに家も奥さんもやられちまって、すっかり老け込んじまってたからなあ」

どうやら著者の野口氏は、傍《はた》から見ても幸多き人生を送ったとは言えなかったようだ。

「この本によると野口さんは、苦しみつつも最後は、正義の味方の存在を肯定していたように思えるんですが……？」

老人は、馬鹿にしたような表情で、入れ歯の顎を鳴らした。

「納得した人間が、わざわざそのことを本にしてまで残そうとすると思うかい？」

「それは……」

私のような物書きが本を出すのと、自費出版してまで本の形で世に文章を出そうとするのでは、心構えはまったく異なるはずだ。

「そうでもしなきゃ、自分を納得させられなかったんじゃあねえか」

「敵」の侵攻による被害は、人的・物的共に、激甚災害の一種として指定され、国の補償対象となった。だが、「正義の味方」による損害は、「事故」であるとして、国はだんまりを決め込んだ。もちろん、「正義の味方」による損害を補償してくれる民間の保険などあるはずもない。彼は泣き寝入りするしかなかったはずだ。

彼はどんな思いで、「正義の味方」の住むとされる星を見上げていたのだろう。

国防軍の「誤射」によって「敵」が住宅をなぎ倒した被災地は、今は、新興住宅街となっている。野口氏の子息は、そこに住んでいるという。

◇

同じ時期に建てられた家々は、四十年の時を経て、一様に老いをまとっていた。いつまでも消えない「新興住宅街」という呼称を持て余しながら、住民たちと共に、家としての「老い」を迎えようとしている、陰気な住宅街であった。

はっきりとした住所はわからなかった。父親と同じ「野口」という苗字だけが頼りだ。端から一軒ずつ、表札を確認していった。

袋小路となり、一本の道路だけで外界とつながる住宅街は、よそ者の侵入には敏感だ。表札を確かめる私の背に刺さる視線は、私という訪問者を拒むようだ。「正義の味方」も、出現のたびに同じような疎外感に苛まれていたのであろうか？

訪ね歩くうち、犬を連れて散歩をしている男性とすれ違う。振り返った私は、尋ねるまでもなく、彼が目的の人物だとわかった。夕日に照らされたそのシルエットでは、長袖の服の右袖だけが風に揺れていた。

突然呼び止める非礼を詫《わ》び、私は公民館から借りてきた父親の著作を差し出した。

「正義の味方は、あなたにとってはどんな存在でしたか？」

父親の著作を前にして、彼は久しぶりに見るように物珍しげに、目を瞬《しばた》かせた。

「俺のこの右手を、どう思う？」

肩をすくめるようにして、彼はシャツの右袖を揺らした。一瞬、失われたはずの彼の右手が目の前に突き出された気がした。

「確かにここにあった。そして、俺のために役立ってくれた。だけど、今はもうない。触れることもできない。何だか、正義の味方みたいな存在だろう？」

存在しない右手によって、彼の人生は否応なく、大きく舵取りされてしまったはずだ。だが私は彼の言葉に、怒りや諦め以外の感情を読み取っていた。

「お仕事は、何をされていらっしゃるんですか？」

彼は少し考えるようにして、自宅へと案内してくれた。建売住宅の裏手の庭にあたる部分に、作業小屋が建てられていた。

そこには、造りかけの彫像の粘土原型が並ぶ。それが今の、彼の職業のようだ。

「この仕事は、片手でできるものなのですか？」

工房には、彼の背丈よりも大きな像も居並んでいる。

「確かに、片手じゃあ難しい。だけど俺にとっては、片手だからできる……。そう思ってるよ」

平凡な人生を歩むと思っていたという。だが、片手を失ったからこそ、この道に進むことを決断した……。いや、決断できたのだ。

「奪われたからこそ、今の自分がある。そう考えると、俺はあいつによって生かされてる……。

しゃくに障るけど、そういうことなんだろうな」

完成間近の粘土原型を、彼は左手で感慨深げに撫でた。私は再び、彼の失われた右手を、そこに感じた。

彼が彫像を造り上げるのは、もちろん残された左手によってだ。だが、失われた右手が、そして「正義の味方」が……、二度と戻って来ない二つの存在が、彼をこの仕事へと導いたのだ。

◇

今も、「敵」は出現し続けている。だがこの国の人間は、良くも悪くも災害慣れしてしまっている。毎日のように地震や台風に見舞われるとしたら、それすらをも「日常」として織り込んでしまう。「敵」が取るであろう行動もあらかた予想がつくし、被害も、天災だと思えば諦めもつく。今日もおそらく、この国のどこかで「敵」が暴れているはずだが、もはや新聞もテレビもニュースとして取り上げないし、国民の誰も興味を持とうとはしない。

出現したら速やかに避難し、去った後に被害地域を復旧すればいいだけの話だ。もちろん死傷者は少なからず出る。だがそれとて、交通事故や自殺による死者に比べれば微々たるものだ。

いつ出現するかわからぬ「敵」に備えることで、国民の防災意識が高まったという、慮外の効果すら指摘されている。

そして国民の無関心は、「正義の味方」に対しても同様だった。

本来、彼への評価が賞賛から厄介者へと一変してしまったのは、彼が執拗に攻撃し続けることが、「敵」のこの国土への執着につながっている、という説が発端であった。彼がいなくなっても「敵」が出現し続けている時点で、彼への批判は根拠を失う。本来の「正義の味方」として再評価されてもいいはずだ。

だがもはや、人々の心に貼り付いた「正義の味方」のレッテルは、塗り替えられることはなかった。

——私が語り継ぐべきは、捜査の杜撰《ずさん》さでも、取り調べの横暴さでもない。「世間」という形のないものが生み出す空気そのものである。

「坂野川強盗殺人冤罪《えんざい》事件」で、三十三年間の獄中生活の後、七十二歳で再審無罪を勝ち取った寺脇元死刑囚の言葉は、あまりにも有名だ。

——手錠で縛《いまし》められ、護送される私に向けられた蔑《さげす》みの目は、一生忘れることはできない。だが私は、冤罪が確定し、自由の身となった私を笑顔で迎える人々の方が、よほど恐ろしかった。自らの掌返しを悪びれもせず、最初から私はあなたの味方だったと言わんばかりに肩を抱き、握手を求める人々だ。

たとえ冤罪が立証されても、名誉の回復には長い年月がかかるものだ。ましてや、他の星から来た存在の「冤罪」を晴らそうとする支援者も、名誉を回復させようとする理解者も、この国には存在しなかった。今や彼の存在や、その行動は、日々の雑多な出来事によって記憶の彼方へと押しやられ、思い出されることもない。

彼の活動の意義は、「正義の味方」として「敵」を倒したことにはない。彼の存在、活動、そして「帰星」が、我々の抱える多くの矛盾や欺瞞《ぎまん》を浮き彫りにした点にこそ、その意義はあったと言えるのではないだろうか。

◇

私は再び岬を訪れ、「正義の味方」の銅像の前に立った。

今、私が目の前にしている像は、公的なものではなく、「彼」を真の「正義の味方」だと信じてやまない有志によって建てられたものだ。

だが、その有志も、今はもう彼の存在を顧みることもないのだろう。心ない者によって、像は全身を銀色でペイントされ、更にその上から赤いスプレーで模様を描かれ、本来の「彼」とは似ても似つかない姿にされてしまっている。

取材を終えて、私の中の「正義の味方」の像は、どう変わっただろう。

相変わらず、私にとって彼はヒーローであり、戦い続ける孤高の姿が色褪《いろあ》せることはない。だが、そこで戦う相手は「敵」ではない。彼が立ち向かうのは、我々の無関心であり、忘却であり、流されやすい心でもある。形がなく、常に変わり続ける見えない相手に向けて、彼は無為にも思える戦いを続けているのだ。

何十年か後、「彼」の活躍を知る我々の世代が消えた時、その活動は果たしてどのように意義付けられ、伝えられるのであろうか。

願わくは、せめて後世の人々の空想の中では、紛《まが》うかたなき「正義の味方」として、期待を一身に背負って華々しく戦って欲しいものだが……。

似叙伝

――人の願いの境界線――

行楽地などで、十分程度で似顔絵を描いてもらえるサービスを見かける。

私自身は頼んだ経験がないし、描いてもらおうと思ったこともないが、一つだけ楽しみにしていることがある。それは、似顔絵を頼んだ人物の、描かれている最中の様子を観察することだ。

有名人でもない限り、自分の似顔絵が描かれるという機会は滅多にないはずだ。当の本人はどう描かれているかを知ることもできず、ただ想像を膨らませながら、気恥ずかしさと期待の入り交じった表情で、そわそわと待ち続けるしかない。

人の人生、生き様は顔に現れると言うが、似顔絵とは、顔に現れた人生を、そのまま赤の他人に読み取られるということである。描かれた結果の、思っていた通りの部分と、想像とは違った部分。それぞれが、他人から読み取られた自分の姿であり、人々は皆、不満と満足とを呑み込むような複雑な表情で、似顔絵を受け取って眺める。

自分の人生の重みそのものでもある顔を、他人に描いてもらう。それは、鏡を見るのとはまた違う形での、自分の人生と向き合う貴重な機会であると言えるであろう。

似顔絵は、似てはいるが、決して実物ではない。だが、実物以上にその人物の特徴を捉えたものだ。それを絵ではなく、文字の形で表したとしたら、果たしてどうなるだろうか。

◇

「正義の味方」の取材の過程で、自叙伝というものに興味を持った私は、それ以来、取材で地方都市を訪れるたびに、地元の図書館や公民館の図書室、古書店などを訪ね、郷土の資料の中に埋もれた自叙伝を「発掘」することを、個人的な楽しみとするようになっていた。

もちろんそれは、書店に並んでいる、芸能人や会社社長などの有名人の自叙伝ではない。個人が退職や喜寿の記念などに自費出版して、身近な人に配ったようなものだ。発行部数も、せいぜい五百部、多くても数千部といったところだろう。

国を揺るがすような発見や貢献をした人生であるわけでもない。波瀾万丈《はらんばんじょう》な冒険譚があるわけでもない。はっきり言って、「退屈な人生」だ。文章を書く素人が綴ったものであるから、稚拙で読みづらい作品ばかりだ。独りよがりな考え方や主張に苦笑させられることも多い。それでも、そうした自叙伝は、私にとって非常に面白かった。

そこには確かな、人の人生の「重み」があった。文章の歪《ゆが》みや稚拙さが、そのまま「主人公」の生き様を表すかのように思えてくる。

都会の雑踏で横を通り過ぎる人々もまた、何十年もの「人生」や「経験」や「記憶」を背負って歩いているのだということが、改めて実感できる。ルポルタージュという仕事を生業《なりわい》とする者にとって、それは貴重な体験であった。

そんな中、私は一冊の自叙伝に出会った。

『郷土の発展と共に　――調和の人、長井栄吉――』

都心の古書店の片隅で百円で売られていた、埃を被っていた一冊だ。

特に何の感慨もなく、ぱらぱらとめくってみる。地方都市での誕生から、学生時代の青春の日々、戦時中の苦労、復興の努力、そして結婚、子どもの誕生と、彼の辿ってきた人生が、時系列に沿って記されている。

先祖代々受け継いできた田畑に休みなく立ち続ける彼が、故郷を流れる神ノ木川の流れと共に、畑の作物の日々の成長を見つめ、それを通して、故郷の発展と衰退、そして子どもや孫たちの成長を見つめ続けた日々が綴られていた。

何の変哲もない、お手本のような自叙伝だ。文章がしっかりとしていて読みやすい他は、読んできた他の多くの自叙伝と変わりがない。

斜め読みして本を閉じかけて、私は違和感を覚え、再び巻末を開いた。

――こうして、私は一生を終えた。

孫や家族に囲まれ、私の葬儀は、しめやかに行われた。そこに涙はなかった。

精一杯生き、そして安らかに死んでいった私の思い出を懐かしく笑い合いながら語る家族と共に、私も自分の人生を満足しながら思い返していた。

私の遺言に従って、私の遺骨の一部は、神ノ木川に散骨された。神ノ木川の流れは変わることなく、田畑を潤し続ける。

私は今もそれを、空の上から眺め続けている。

私は、幸せだった。


（終）


自叙伝でありながら、その結末は、長井栄吉の「死」で終わっていた。しかも、巻末に付された、「長井栄吉年表」によると、その死亡した年とは、今から五年後である。自分の死亡の時まで、それも未来のことまで書かれている自叙伝など、聞いたこともない。

本人が記したとしても悪趣味だし、まったくの他人の仕業だとしたら、悪意以外のなにものでもない。もしかすると、この本はまったくのフィクションなのだろうか？　いったい誰が、何の意図で世に出したものなのだろう。

本を出版した地方出版社に、事情を聞いてみることにした。電話をかけてみると、その地方のなまりを強く残した男性が、私の質問に答えてくれた。

「未来のことまで書いてある自叙伝？　ああ、そいつはきっと、高仲さんがうちにいた頃の仕事だね」

男性の口には、すぐにその名前が上った。

「高仲さんというのは？　自叙伝ですから、書かれたのは長井栄吉さんではないのですか」

本の奥付を見ても、「高仲」なる人物が関与しているという痕跡は見当たらない。

「うちは、今はもう、高仲さんとは関わってないからね」

長井の自叙伝が出版されたのは十五年前だった。

「高仲さんは、あんまり自分勝手が過ぎるんで、うちはやめてもらったんだよ。今は個人で出版社を立ち上げて、自分のとこで本を出してるはずだよ」

男の言葉は、突き放すようにそっけない。どうやら彼にとって高仲という人物は、そういう扱いを受けるべき相手として認識されているようだ。

「高仲さんという方は、どういった意図で、この本を出版されたんでしょうか？」

「さあね。そんなことは、本人に聞いてみるといいさ」

男は迷惑そうに言って、高仲の連絡先を伝えると、一方的に電話を切ってしまった。

◇

地方都市の雑居ビルの一室に、高仲の事務所はあった。

「こちらでお待ちください」

中途半端な茶髪の女性事務員が、少しつっけんどんな態度で、応接室に案内する。

海老茶色の豪華なソファセット、幾何学模様が織り込まれた毛足の長い絨毯《じゅうたん》、虎皮の敷物、クリスタルの灰皿、並んで掲げられた風景画と抽象画、壁から突き出るシカのはく製……。一つ一つは高級な品々だろうに、その組み合わせがなんともアンバランスで、部屋の主の趣味の悪さだけが際立つ。まるで質流れ品から、とにかく高級そうに見えるものを安値で買い叩いてきたようで、なんとも落ち着かない。あまりいい印象は抱けなかった。

奥の部屋に続く扉の向こうから、突然、男の怒鳴り声が漏れ聞こえだす。何ごとかと思う間もなく、男は声の調子を落とさず、私の待つ応接室へと入ってきた。怒鳴り声は、手にした携帯電話に向けられたものだ。

「どういうことだ？　何度言わせる気だ。そんな事情は知ったことじゃない。こっちはあんたの要求通りに納品したんだ。さっさと払うもの払わんなら、出るとこに出るぞ。それとも、怖いスジに話を持っていこうか。ええ、おい？」

どうやら彼が、取材相手の高仲のようだ。何の会話かは知らないが、相手を一方的に怒鳴り散らしている様は、聞いていてこちらまで威圧されている気分にさせられる。

私は、電話の相手はいないと踏んでいた。交渉ごとなどの際に、相手方ではなく、自分の部下を頭ごなしに叱り付けて交渉相手をひるませ、優位に運ぶテクニックがある。それと同じだろう。彼は誰でもない相手に言葉の牙を向け、それが本当に突き付けられているのは私だった。どうやら面倒な取材相手のようだ。

電話を切った高仲は、舌打ちをしながら携帯電話を置くと、「架空の相手」への忌々しさをそのまま向けるように、私を睨み付ける。

六十代半ばらしき高仲は、背は低い。太ってはいないが、腹だけはベルトの上にせり出している。丸刈りがそのまま伸びたような短髪には白髪がまだらに交じり、肌は酒焼けを思わせる不健康な浅黒さだ。べっ甲縁の眼鏡の奥の眼は小さいが、小さいが故に、彼自身の感情の動きを隠し、相手構わず射竦《いすく》めるようだ。

捉え所を見極めきれない相手だ。男の人間性を縁取るだろう部屋の調度は統一性の無いアンバランスさで、まるで迷彩のように、人となりを測ることを妨げる。

「それで……、あんた、何の用だ？」

会話の続きのように、男は私を急《せ》かす。それもまた、相手との関係を有利に動かそうとする、身に付いた習性のようなものだろう。ペースに乗せられないよう、私は心の中で一つ大きな深呼吸をして、長井栄吉の自叙伝を差し出した。

「こちらの自叙伝には、高仲さんが執筆に関わられているとお伺いしたのですが……」

高仲は切り込まれた瞼《まぶた》の奥の瞳で感情を読み取られることを拒絶しながら、私に視線を注ぐ。不必要に一拍の間を置くのも、会話術のうちだろう。思う壺《つぼ》と理解しながらも、小さな不快感が積み上がって来て、拭い去れない。

「まったく……、物好きな人間というのは、つまらんことに首を突っ込んでくるものだな」

迷惑げに吐き捨てる。思わず苛立《いらだ》ちが表情に出たのを見逃さず、高仲は片頬だけを皮肉そうに持ち上げた。

「まあ、答えてやってもいい。ただし、きちんと答えるかどうかは、俺の勝手だし、嘘しか言わんとも限らんがね」

まともに答える気が無いのであれば、取材する意味も無い。私は半ば諦め気分だった。

「この本は、自叙伝に見えるかもしれんが、自叙伝ではない」

「自叙伝ではない……。どういうことでしょう？」

「読みは同じ『じじょでん』だが、自分の『自』ではない。『似る』という字をあてている」

「つまり、似叙伝、ですか？」

読みは変わらないが、意味はまったく異なってくる。

「それでは、この長井栄吉さんの『似叙伝』というのは、まったく架空の人物についての、空想上の自叙伝ということですか？」

「一言では説明できんな。する気もない」

高仲は突き放すように言うと、大儀そうにソファに身を預け、両腕を頭の後ろにやった。

「明日、新しい似叙伝を書く仕事が入っている。見に来るんだな、これ以上知りたいのならば」

◇

翌日、高仲のオフィスには、六十代と思《おぼ》しき、和服姿の一人の婦人が訪れていた。

「ああ、あんた。今日はコイツが取材することになったからな」

有無を言わせず女性に告げて、高仲はそれきり、私の存在をまるっきり無視してかかる。どうやら、来客への呼称はすべて「あんた」で済ませるようだ。

「はあ、そうですか……」

女性は戸惑って私を一瞥《いちべつ》するが、急かすような高仲の態度に促されて、慌てて脇に置いた風呂敷包みを解きだす。

彼女はたくさんの写真を携えてきていた。被写体は男性で、白黒の古いものも多い。同年代ほどの女性との旅先でのスナップもあった。

「四十年前の、主人と、私の写真です」

「おい、あんた。そんなものをここで広げるな。しまっておけ」

写真を並べる女性に、高仲は面倒臭げに手を振って片付けさせる。思い出を共有する気はないようだ。女性は粗相をしてしまったように委縮し、そそくさと写真を元に戻す。

「それで、あんた。ダンナは死んだんだな。ずっと前に」

デリケートであるはずの依頼人の身内の死を、高仲は極めてぞんざいに扱った。

「ええ、四十二歳の時に、主人は癌で亡くなりました」

それ以来、彼女はずっと、夫との思い出を抱えて生きてきたのだろう。

「それで？」

高仲は、彼女の思い出話を単なる繰り言と捉えるように、先を促した。

「え……ええ。亡くなった夫の自叙伝を、書いていただきたいのです」

矛盾をはらんだ言葉だったが、婦人も高仲も、当然のように話を進めだした。

「ああ……そうだったな。あんた、何かこのばあさんに聞きたいことは？」

ようやく高仲は私の存在を思い出したようで、今度の「あんた」は、私に向けられたものだ。

「え、ああ、はい、そうですね……」

私はまだ、彼女の要望を十全に把握できないまま、質問してみた。

「ええ……すみません。亡くなられた方の自叙伝ということは、ご主人の四十二年の生涯の自叙伝を、ご主人の代わりに書いて欲しいということでしょうか？」

「いえ、主人が定年まで勤め上げて、孫に囲まれて幸せに暮らして……そうですねえ、九十歳くらいで、天寿を全うするまでの自叙伝をお願いしようと思っております」

「だとすると、その自叙伝では、今もご主人が生きておられるという形になるわけですね？」

「ええ、九十歳まで生きていれば、孫たちも成人して仕事に就いて、主人も安心して逝《ゆ》けるでしょうから」

彼女が何を求めてここにやって来たのかが、おぼろげにわかりかけていた。

「ご主人は、お仕事は何をされていたんでしょうか？」

「はい。主人は、中学校の数学の教師をしておりました」

「それでは、定年退職まで勤め上げられたとしたら、奥さまとご主人は、どんな風に過ごされたでしょうね」

「そうですねえ。写真を撮るのが好きでしたから、きっと、私をいろんな場所に連れて行ってくれたでしょうね」

懐かしむように眼を細める。今となっては見果てぬ夢ではあるが、彼女にとってそれは、確かに心に刻まれた「記憶」そのものなのだろう。

「ご主人は、どんな方でしたか？」

「周囲の人からは、真面目一辺倒と思われていたようですけれど、私にとっては、さりげない優しさを見せてくれる人でした。孫たちにもきっと、とても優しく……」

夫が見ることの叶わなかった孫の成長。夫の無念を思ったのだろう。彼女は言葉を詰まらせた。

「おい、あんた、もういいだろう」

唐突に高仲が割って入り、話を遮《さえぎ》った。今の「あんた」がどちらに向けて発せられたものかは判然としない。

「とにかく、旦那さんが生きていたって体《てい》での似叙伝だな」

「はい、生前は、私に優しい言葉の一つもかけてくれなかった人でしたけど、主人は私をきっと……」

高仲は虫でも払うように、鬱陶《うっとう》しそうに手を振った。

「ああ、わかったわかった。そういうことは専属ライターと話してくれ。俺が文章を書くわけじゃないからな」

「はあ。そうですか……」

婦人は、まだ話し足りなそうな顔をしていたが、唇を噛むようにして黙り込んだ。

「言っとくが、うちは完全先払い制だ。一旦書いたら、クレームは一切受け付けんぞ。それで構わんな？」

「はい、それは重々承知しておりますので」

悲しげに伏せられた瞼に、私の方がいたたまれなくなる。彼女にとっては、単なる「仕事の依頼」ではないはずだ。執筆を通じて、消えかかる夫との記憶を誰かと共有することもまた、無意識のうちに望んでいたことだったろう。それを高仲は、容赦なく切り捨てる。あんな酷薄な態度を取られてもなお、彼女は高仲に仕事を依頼するのだろうか。

◇

婦人はライターとの打ち合わせのために、別室へと向かった。高仲はその後ろ姿を眺めて、値踏みでもするように顎を撫でていた。

「まあ、あの様子なら、払いを渋ることもないだろう。上客の部類だろうな……」

高仲は、まるっきり私の存在を忘れてしまったかのようにほくそ笑んでいる。

「あの……」

「ああ、そうか……。あんた、もうわかっただろう？」

彼はソファの上で脚を組みかえた。背の低い高仲がやると、重厚な仕草であっても、滑稽に見えてしまう。だが高仲は、それが自らを高尚な人間に見せかけるための重要な要素であると思い込んでいるかのようだ。

婦人との対話を聞くことで、私も、彼の仕事がいかなるものかを、おぼろげに理解することができていた。

「似叙伝には、いくつか種類がありそうですね」

「ああ、依頼者によって、様々だ」

彼はそう言って、これ見よがしに大きな金の指輪が光る指を折って、数え始める。

①亡くなった家族が、今も生きているとした場合の似叙伝
②自分が今とは違う職業や、人生の選択をした場合の似叙伝
③存在しなかった家族が、「いる」とした場合の似叙伝

「だからもちろん、本人の死亡までが書かれていたり、書かれた日付が未来になることもある」

確かにそれは自叙伝ではない。様々な意味で、自叙伝に許される恣意性の範囲を逸脱しているだろう。

「あんたが最初に見つけた似叙伝もそうだ。あの長井ってジジイは、実際はギャンブルの借金で首が回らなくなって、家も田畑も手放しちまったんだ。家族にも愛想を尽かされて、ボロアパートで孤独に暮らしてたよ。だからこそ、自分がまっとうに生きたっていう証が欲しかったんだろうな」

高仲の口調は、どこか依頼者を小馬鹿にした風でもあった。

「規定の料金さえ払えば、こっちはどんな似叙伝でも書いてやるさ。二百歳まで生きた人生だろうが、宇宙人の生涯だろうがな」

高仲はそううそぶいて、豪華なソファに身を預けた。

「基本的な質問になりますが、なぜ、こうした形で、他人の本当ではない自叙伝を書く、ということを思いつかれたんですか？」

再び脚を組みかえ、言葉を探すように、顎の骨を鳴らす。

「似叙伝は、二つの意味で、本来の自叙伝とは違う。本人が書いていない点。事実ではなく、架空の人生を描いている点だ」

「ええ、そうですね」

「だがそれが、自叙伝の本質を失ってしまう行為か？」

「それは……。自叙伝とは、一人の人物の伝記を自ら叙述するという意味合いですから、自分で書くべきだし、事実に沿うべきではないのでしょうか？」

「では、こう言ったらどうだ。俺が似叙伝を作ることは、自叙伝をそれほど貶《おとし》める行為か？」

拝金主義を隠すそぶりもない高仲だが、似叙伝を作るという行為そのものには、確実な信念があることが垣間見られる。

「俺は昔、ちんけな出版社に勤めていてな。そこで自叙伝を書く手伝いをしていたことがある」

私が電話をした地方出版社だろう。高仲のことを話す際の、社員のつっけんどんな態度を思い出す。

「自叙伝を書こうなんて思いつくのは、自己顕示欲は人一倍あるが、体系的に文章を書く訓練なんざしてこなかった奴ばかりだ。そもそも、自分の思いを文章の形で表すことなど、小学校の作文以来という奴がほとんどだ。そんな奴に、客観的に『読める』文章を書かせなきゃならない。その手助けをする仕事だ」

「確かに、そうしたサポートは、大なり小なり必要になってくるでしょうね」

高仲の頷きは、客商売で身を立てる者には似合わぬ尊大さだった。

「尻を叩いて書かせたにしても、そこからが大変だ。原稿は文章とも言えない、単なる記憶の羅列に過ぎない。とても人に読ませるシロモノじゃない。そんなわけで、サポートが必要になってくる」

サポートの仕事は様々である。学校名や会社名、人名など、本人がうろ覚えのまま記憶している名称をリサーチして、正しいものに直す。年号があやふやな場合は、その出来事がいつ起きたのかを確定し、前後している場合には並べ直す。

「しかしまあ、人の記憶とは、あやふやで、実にいい加減なものだ」

確かに私も、Aでの経験がBの場で役立ったと思っていたら、実際はBの方が先に起こった出来事だったなど、記憶の不確かさに驚かされてしまうことがよくある。職業柄、自分の行動を記録することに慣れた私ですらそうなのだ。自分の「歴史」を体系的に振り返ったことがない個人にとっては、尚更だろう。

「だから、記憶に残っていない部分や、間違って認識している部分の辻褄《つじつま》を合わせるために、多少の脚色や、エピソードの入れ替えをすることもある」

「そうすると、依頼者の記憶と違ってくる場合もあるのでは？」

「なぁに、そんな時は勝手にストーリーをでっち上げるさ」

「苦情を言われたり、訂正を求められるということはないんでしょうか？」

自叙伝を頼むような人物だからこそ、そうした齟齬《そご》には厳しいような気がするのだが。

「いや、そんなことはない」

高仲は首を振り、盛大に鼻を鳴らした。

「むしろ、自分の人生が、一本の歴史として筋道立ったってことに感動する奴がほとんどだ。それどころか、俺が作ってやった『歴史』を、さも自分が最初からそう言っていたような顔して、満足げに家族や友人に自叙伝を配って回るんだからな」

馬鹿にするように嗤《わら》う高仲は、そうした人の不完全さを「糧」としている自分を後ろめたくは思わないのだろうか。

「つまり自叙伝は、必ずしも、その人物の人生を、忠実に辿る必要はないということだな」

自叙伝というものの概念すら覆す言葉だ。むしろ暴言と言った方がいい。

「あんた、考えてみろ。ある人物が、自分の人生を振り返って書き記すもの……。それは果たして、史実に沿ったものか？」

「と言うと？」

高仲は顎をこきっと鳴らして、あらぬ方を見やった。

「あんたは、自分の人生を、どこまで客観的に見ることができる？」

「それは……。どうしても、主観が入り込まざるを得ないでしょうね」

「客観的に見る」という行為そのものが、「主観」によって客観性を判断しているのだ。「客観性」の定義も、人それぞれ異なるだろう。

「ある人物についての評価は、百人いたら、百人とも違うはずだ」

歴史上の偉人と呼ばれる人物の伝記というものがある。伝記では、主人公が小さな頃から独特の発想や努力を重ねて、その実績へと辿り着いたという描き方をされる。成功に行き着いた人生のストーリーを作るべく、出来事が取捨選択されるわけだ。

だがたとえば、その人物の「だらしなさ」だけに焦点をあてて人生のストーリーを組み立ててゆけば、まったく違う人の人生として浮かび上がってくるだろう。その人物が、偉人として尊敬されているなどとは信じられないほどに。

それに、一つの性格は、別の性格の裏返しでもある。「優しい」という長所は、「優柔不断」という短所と裏表であることは、誰もが知るところだ。

「本人は何とも思っていないことが、人生の大きな転換点だったということもある。それは、人に言われて初めてわかるもので、自分で気付くことではないな」

「つまり、高仲さんにとって自叙伝を作る上でのサポートとは、単なる文章の整理や、整合性を付けることにとどまらず、本人も知らない本人らしさというものを、自叙伝の中で見つけ出してあげること……。そしてそれが、今の仕事である似叙伝の作成につながっているということでしようか？」

話が核心に近づき、私は無意識のうちに、身を乗り出していた。

ふっと、高仲の雰囲気が変わった。動いていたエンジンのキーを突然抜いたように。

「美談に仕立て上げれば、あんたも仕事がしやすいだろうな。そうだと言って欲しいかい？」

「……いえ」

私の安易な動機付けを、彼は低俗だと嘲笑《あざわら》うようだ。

「そう捉えるのは、あんたの勝手だが、俺はそんなことは考えてないぞ。高尚な意味合いはない。ただの金儲《かねもう》けだ」

高仲は私を突き離し、深い考察に踏み込まれることを殊更に避ける。

◇

「それでは、実際の似叙伝の執筆について、お伺いさせてください」

「なんだ。まだ続ける気か」

彼は大仰にため息をつき、面倒臭そうに頭を掻いた。だが、双眸《そうぼう》の奥に注意深く隠された感情は、言葉と釣り合ってはいない。私にはそう思えた。

「たとえば、似叙伝を依頼した人物が、あからさまな嘘を似叙伝として書いて欲しいと言ってきたら、どうされますか？」

「嘘とは、たとえば？」

「女優さんと付き合っていただとか、政治家として地元に貢献しただとか……。似叙伝を依頼した本人は満足するでしょうが、それを他人が読んだ場合、真実であるかと誤解させてしまうような『過去』を望まれたとしたら」

「もちろん、希望通りに書く。当たり前だろう」

「たとえその似叙伝が、特定の誰かの名誉を傷つけるようなものであったとしてもですか？」

「なんだ。そんなことか」

高仲は首を振って、大げさな鼻息を漏らした。

「たかが自費出版の自叙伝が、どれだけ社会に影響を与えるんだ。え？」

強弁することで、私を無理やり同意へと引き寄せようとしているようだ。

「それに似叙伝には、俺の名前は一切出てこないしな。出版して金さえもらえば、後は何が起ころうが知ったことではない。もっとも、依頼者がひょんなことから有名になって、似叙伝がベストセラーになるようなら、がっぽり権利料をもらうがね」

うまい話を持ちかける面持ちで、さも愉快そうに肩を揺らす。本心からのものかどうかは、まだわからない。彼は、そんな私をなぜか面白そうに見やり、打ち明け話をするように、顔を寄せてきた。

「さっきの女みたいなのが、一番いいカモだ。金はある。文句は言わん。お定まりのダンナからの感謝の気持ちの一つも盛り込んでおけば、泣いて感謝する。ぼろい商売だと思わんか？」

「そうですか……」

これ以上、質問を重ねたところで、まともな答えが返ってくるとは期待できそうもなかった。

「似叙伝のライターの方と、お話をすることはできますか？」

高仲の言葉には、深く語ることを巧妙に避けているような姿勢が見え隠れする。実際に書くライターの実務上の苦労を聞いてみれば、そこから演繹《えんえき》的に、高仲の目指すところの本質が見えてくるかもしれない。

「それはうちの企業秘密だ。教えるわけにはいかんね」

高仲の答えは、にべもなかった。

「それにあいつが注目されると、他から引き抜きの話なんぞが出かねんしな。色気づいて、俺から独立しようなんて考えだしたら、商売あがったりだ。安い金で、飼いつないでおきたいんでね」

自分の手足となるライターを、道具のようにしか思っていない発言だった。同じ物書きの世界に住む者として、憤りを覚えざるを得ない。

「さあ、もういいだろう。こっちは、あんたの暇潰しにいつまでも付き合ってる暇はないんでね」

時計を一瞥した高仲は、埃でも払うように、私に向けて手を振った。

「わかりました。失礼しました」

結局私は、消化不良気味の取材しかできず、似叙伝についてのルポを断念せざるを得なかった。

「あんたも一度、似叙伝を書いてみるといい。そうすりゃきっと、俺の気持ちもわかるさ」

立ち去る私の背中に、高仲はそんな言葉を向けてきた。

私はそれに答える気もしなかった。真実ではないストーリーを敢えて書く必要性などどこにもないし、嘘を一つでも入れてしまえば、ルポルタージュとしては何の価値もなくなってしまう。

◇

三河繁という人物には、毀誉褒貶《きよほうへん》が付きまとう。

ある者は稀代の人たらしと呼び、ある者は天性の詐欺師と呼ぶ。

斬新な発想力を持ったイノベーターとして心酔する者もいれば、口から出まかせを言うだけでのし上がってきた山師であると唾棄する者もいる。すべての人に慈愛を注ぐ限りなき善意の人と賞賛されたかと思えば、誰にでもいい顔をしたがる一種の人格障害であるとけなされもする。

三河に最初に光が当てられたのは、夭折《ようせつ》した作詞家、近衛惟子の知られざる顔を語る人物としてだ。

近衛の作詞は、一種独特だった。

彼女は愛や恋、出逢いや別離を、決して直接的な歌詞にはしない。時の訪れ、風の流れ、森羅万象すべてを歌い上げ、気が付けばそこに、確かな「愛」がある。今日感じた印象も、明日にはまるで違うものに変わる。まさに唯一無二の作詞家だった。そんな歌詞がどうやって生み出されるのかを誰もが知りたがったが、寡黙でインタビューも滅多に受けなかった彼女が語ることはなかった。二十八歳の若さで不慮の死を遂げたことから、その真実は永遠に封印されるはずであった。

近衛の死から二年が経った頃、作詞曲がリバイバルブームに乗って大ヒットした。テレビ、雑誌各社がこぞって近衛特集を組み、様々な「ゆかりの人々」との交流が取材された。各社が意外な人物との交流を掘り起こす中で、三河の存在がクローズアップされたのだ。

近衛と三河の、誰にも知られていない手紙のやり取りから始まり、どうしても作詞ができなくなった際に近衛が泣きながら電話をかけてきた出来事、別々の方向の列車に乗り込むまでのほんの五分間でものされた名曲などなど、エピソードは枚挙に暇《いとま》がなかった。近衛の遺作とも言える最後に作詞した名曲、「桜散る朝」は、二人の決別が裏のテーマだったと、三河は打ち明ける。

三河が信用されたのは、彼の語る内容の確かさもあるが、そのキャラクターも大いに寄与していたことだろう。三十代にしては薄くなった頭髪が豊かであったなら、さぞや女性の心を騒がせたであろう、繊細な印象を抱かせる風貌。その中でも、弱々しげに瞬く瞳が印象的だ。丁寧過ぎる語り口と、腰の低い態度、笑うと必要以上に深く刻まれる目尻の皺《しわ》。決して警戒心は抱かせず、油断しているうちに心の内にすっと入り込んでくる。

喋りは決して流暢《りゅうちょう》ではなく、くぐもってすら聞こえるが、そのギリギリの不快感が、かえって人を惹《ひ》き付ける要素を持っていた。朴訥《ぼくとつ》とも言える口調が、彼の口から語られる「秘密の交流」をさもありなんと思わせる効果があったのだろう。

彼のビッグネームとの交流は、もう一つある。

それはプロ野球選手の乗本正二との親交だった。鳴り物入りでドラフト一位指名での入団を果たした彼は、五年間をなかなかの成績で過ごした後、突然の低迷期に突入した。

失意のまま迎えたオフシーズンに、彼は誰にも姿を見せることなく、秘密の特訓をしていたという。シーズン開幕が近づき、あわや失踪かと騒がれだした頃に、ぼろきれのような服を纏《まと》って戻って来た彼は、スランプを劇的に脱出した。だが、三年連続での首位打者が決定的となった矢先、交通事故で帰らぬ人となった。

彼がスランプを脱出する契機となった特訓の日々を共に過ごしたのが、他ならぬ三河であった。三河はある偶然から乗本と出会い、二人で旅をすることになったという。

二人の、亡くなってしまった天才たち。彼らを裏で支え、その創作や活躍の活力の源となっていたのが三河だったのだ。

三河はお茶の間に広く知られた存在となり、彼の口からは、近衛や乗本との知られざるやり取りが、克明に紡《つむ》ぎ出された。そして次第に、彼自身のパーソナリティが注目を浴びて、発言を求められるようになっていった。

とはいえ、生前の二人の口に三河の名前が上ったことは、一度たりともなかった。家族や友人、常に行動を共にするマネージャーですら、彼らと三河の過去の交流譚は、寝耳に水だったろう。

それについて、三河はインタビューで、次のように語っている。

「ええ、私のことは、近衛さんのご家族も、友人たちもご存じないでしょう。それはすなわち、私たちの関係が、唯一無二で、かけがえのないものだったことを証明するものに他ならないのではないでしょうか。私はファンレターに紛れ込ませて、二人だけにわかる名前で近衛さんに手紙を送っていたんですから。手紙が残っていないって？　それは当然ですよ。互いに送り合った手紙は、すべて心に刻み込み、すぐに焼き捨てるように、私は彼女に言っていましたから。なぜって、二人の絆《きずな》は、形に残さなければ心に残らないほど、弱いものではありませんでしたから」

「今から思えば、あれは乗本さんがスランプに陥られた時だったんでしょうね。すべて忘れて、二人は無言で歩き続けたんです。どことも知れない山の中で、二人でたき火の炎だけを見つめて、朝まで語り合いましたね。でも、野球の話なんて、一切していませんよ。だって私は、彼が野球選手だってことすら知らずに、彼と旅をしていたんですからね。話した内容ですか？　それは様々です。だけど結局の所、人はどう生き、そしてどう死ぬべきかってことに尽きたでしょうね。二人で言い合いました、どちらかが先に死ぬことになっても、葬式には行かないぞ、ってね。二人はいつも、寄り添っている。たとえ死のうと、それは変わらない。葬式になんか、行く必要はないんだ、とね」

三河の言動を疑う声がなかったわけではない。彼の語るエピソードは、他人には検証できない部分を巧妙についたものばかりだったからだ。

近衛と三河との心の交流がきっかけで生み出された（と、三河が主張する）「桜散る朝」のリバイバルヒットを受けて、唄をテーマとした映画が製作されても、三河は一切の権利を主張しなかった。作詞者に名を連ねていない以上、当然ではあったが、世間はそれすらをも美談へと仕立て上げ、彼を「無私の人」と持ち上げた。機を見るに敏な三河が、自分に貼られたそのレッテルを、有効利用しないはずがなかった。

それ以後、三河は「無私の人」というイメージを拡大再生産すべく、チャリティーイベントや環境保護集会などに積極的に参加しだす。清廉でクリーンなイメージを、自らに日々、補強していくことを怠らなかった。それによって、自らに向けられる視線を「興味」や「揶揄《やゆ》」から、「シンパシー」や「信奉」へと変化させることに成功した。彼の言葉は疑いを差し挟みようもない真実として受け止められだす。

彼を少しでも疑う者は、シンパとなった人々から、猛烈なつるし上げを食らった。あんな無私の人を疑うとは、どれだけ心が汚れているのだろう。三河の成功に嫉妬しているに違いない……と。「嫉妬」という批判は、すべての議論を掘り下げさせることなく封じてしまう。三河は、後押しする人々の応援を追い風にして、ますます注目されていったのだ。

彼の「経歴」を裏付けるものとして何度となく取り上げられたのが、三河の自叙伝だ。彼がまったく無名の頃に自費出版されたもので、当時は流通経路にも乗っておらず、誰にも見向きもされていない本であった。それが、三河が注目されると同時に、大手出版社から再出版され、版を重ねてベストセラーとなっていた。

私は、読んですぐに直感した。それが、高仲の似叙伝であることを。

おそらく高仲は、三河の自己顕示欲を満たす「有名人との交流」という願望を、似叙伝の中で現実化するために、近衛と乗本の経歴を利用したのだ。既に亡くなっており、経歴が謎に包まれた有名人の人生に、三河の架空の人生を沿わせる形で、似叙伝を作り上げたのだろう。

前章における「正義の味方」は、「救世主」から「厄介者」へと、いつの間にか位置付けが変わってしまった。だが、似叙伝は逆に、最初から別の伝わり方をすることを目的とした「自伝」なのである。

三河は、典型的な憑依型《ひょうい》の人格を備えた人物だったろう。自分の語ったことが「真実」として心に居座り、自分自身にすら信じ込ませてしまうのだ。似叙伝が完成したことだけで満足できるはずもない。自分ばかりではなく、他人までをも信じ込ませるだけの話力と、人を惹き付ける力を持っていたことから、その「ストーリー」は似叙伝の記述を越えて膨れ上がっていった。

そんな三河の、磨き上げられた玉のような輝かしい交流遍歴に、ある日、小さな傷がつけられた。

近衛、乗本に続いて、三河が秘密の交流をひけらかした相手が、政治家、猪瀬浩一郎だ。将来を嘱望されながら、三年前に突然の心臓発作で亡くなった若手政治家だった。三河は、猪瀬が会社員から政治家に転身する際に陰で後押しした秘話や、影の選挙参謀として支え続けた日々を語り、彼の政治理念を表すスローガンが、自分との交流の中で生まれたものであると主張した。それは、彼の自叙伝（似叙伝）の中では語られていないエピソードだった。

しかしながら、相手は政治家だけに、今までとは勝手が違った。猪瀬元議員の行動には、詳細な記録が文書としても、ネット上の情報としても残されていた。それらと一つずつ突き合わせる形で、三河の発言が次々と検証されていった。その結果、語られたエピソードすべてが、三河が勝手にでっち上げたものであるということが露見したのだ。

一度疑いの眼が向けられると、その後は雪崩《なだれ》をうったように、嘘が暴かれていった。「嫉妬」というレッテル貼りで封じられていた三河批判の声が、一斉に上がるようになったのだ。

巻き起こった批判に対して、当初は「心無い人たちの声に耳を傾ける必要はありません」と火消しに躍起となった三河だが、そうした姿勢を「逃げ」や「ごまかし」と糾弾されるようになると、途端にだんまりを決め込んだ。その後はお決まりのコースだ。心労が重なって体調不良を起こしたという理由で緊急入院してしまった。

三河が雲隠れし、人々は、生贄《いけにえ》の祭壇に、新たなスケープゴートを求めた。

矛先は、そもそもの発端である自叙伝に向けられた。ゴシップネタに強い週刊誌によって、それが三河の著作となっているが、実際は赤の他人の高仲が書いているということがすっぱ抜かれたのだ。高仲は、三河の自叙伝のゴーストライターとして、脚光を浴びることとなった。

もちろん、自叙伝を他人が書くという形であるから、一般的に見れば「ゴーストライター」と言われても仕方がないだろう。高仲自身の「似叙伝」を書く上での理想や考え方など、一顧だにされることはなかった。

記事では、高仲についての悪意的な論調が目立った。

——この高仲なる人物。どうにも、三河以上に胡散臭い。彼が手がけた、でっち上げの自叙伝は百冊近くにものぼるようだが、どれもデタラメばかり。どうやら、言葉巧みに自叙伝を書く手助けをしてやると持ちかけ、世の善良な人々のお財布から、相当な額を頂いていた模様だ。いやはや、気弱そうな羊の皮をかぶった三河が悪かと思えば、まだまだ上はいるものだ。

三河は、週刊誌が作り上げた、自らを傷つけない「ストーリー」に、簡単に乗っかった。

「私は、高仲さんにすべて騙されていたんです！」

雲隠れしていた彼は、急遽《きゅうきょ》記者会見を開いた。体調不良とは思えない健康そうな姿で、集まった報道陣のフラッシュの光の中で、いつも以上に気弱げな瞳を瞬かせた。

「何度も何度も……、私は高仲さんに言いました。もうこれ以上、みんなを騙すのは止めようと。……ですが、高仲さんは首を縦に振ろうとはしませんでした。私は彼に弱みを握られ、ただ、従うしかなかったんです」

すべての裏の首謀者は高仲であると、三河は切々と訴えた。つい先日まで「詐欺師」「嘘つき」と糾弾していたはずの報道各社は、三河の悄然《しょうぜん》とした態度に簡単に乗せられてしまった。三河の口車は、まだ有効だったということだろう。

マスコミ側の事情もある。三河自身は、気の弱そうな風貌をした、一見善良そうにも見える人物だ。シリアスになら人物像を切り取りやすいが、批判の対象としては扱いにくい素材だ。特にこの記者会見では、厳しい質問をされて涙ぐむ姿まで披露したものだから、大勢で弱い者いじめをしているように世間は見てしまう。

ゴーストライターとして、三河を陰で操っていた人物がいた、という図式の方がわかりやすく、陰謀めいていて、ワイドショーなどでは取り上げやすいだろう。

そうした批判の矛先の変化に、高仲は、どう対応しただろうか？　否定しようとすれば、できたはずだ。

本来、三河の「嘘」が露見したのは、高仲がしっかりと構築した似叙伝のストーリーに、三河なりに嘘の上屋を建て増そうとして、支えきれずに崩壊してしまったようなものだ。要は、三河が欲をかき過ぎたのだ。

高仲が、自らの「似叙伝」の理念を語り、三河がそれをはき違えて暴走してしまったのだと釈明すれば、高仲の面目は保たれ、批判の矢面に立たされることもなかっただろう。

そんな中、週刊誌記者が高仲を直撃した映像は、皆さんも記憶に残っているのではないだろうか。

「俺が黒幕だって？　ああ、そうだよ。すべて俺が仕組んだことだ。おかげで、本は売れたしな」

高仲は、私がインタビューした時のように、片頬だけを持ち上げて皮肉な笑みを浮かべた。お膳立てされたような悪人面で、平然とうそぶいたのだ。

それが決定的だった。批判は高仲に集中し、三河は高仲によって踊らされた可哀想な人物として、再度、評価をプラスへと変化させることに成功した。

芸能誌やワイドショーは、三河と高仲の際限のない責任論争と、罪の擦《なす》り付け合いの泥仕合を望んでいたはずだ。だが、三河がどんなに高仲を非難しようが、高仲は反論する様子もなく、取材陣が殺到しても「ああ、その通りだ。それがどうした？」と平然と受け流す。直接対決への期待は常にはぐらかされ続けた。かといって、三河が損害賠償や名誉毀損などの名目で高仲を訴えるような動きもなかった。尻すぼみになった挙句、次第に三河は、テレビの世界からフェードアウトしていった。

私は、そんな騒動に巻き込まれた高仲を、テレビや雑誌で複雑な気分で見つめていたものだ。彼の言葉通りであれば、理念もなく似叙伝なる「捏造」を続け、あくどい金儲けをしてきたことのしっぺ返しを受けたのだ。ある意味、自業自得だろう。

私は、そう思うことで、彼について深く考えることを避けていたのかもしれない。

◇

高仲が亡くなったとの知らせが、風の便りに届いた。

三河が世間に注目されてから、三年も経った頃だ。移り変わりの早い世の中だ。あれだけ騒がれた三河ですら、世間は「過去の人」としてすら認識せず、情報の海の中に葬り去った。いわんや高仲をや、である。

酒を飲み過ぎて、身体《からだ》を壊したのだとも聞いたが、真相ははっきりしない。何にしろ、健康に頓着するような人物でもなかっただろう。三河の一件で世間には疎まれ、当然、そんな彼に似叙伝を依頼する新たな客がいるはずもない。彼の晩年は寂しいものだったのではないだろうか。

そんなことを束の間考え、やがてそれも忘れ去った頃、一冊の本が、私のもとに届けられた。

——夫との三十年史——

著者の名前もなく、封筒にも私の名前と住所が記されているだけで、送り主もわからない。手がかりが無いまま、本を手にする。題名からすると、それは女性の、夫と共に過ごした人生の「自叙伝」のようだ。

「夫との」と題されながら、その表情は見えてこない。夫は常に、仕事のために机に向かい続け、自叙伝の主役である「妻」がその背中に語りかける形で書かれていた。

——あなたとの三十年の日々、私はいつも、その背中に語りかけていました。決して優しい言葉をかけてはくれなかった。でも、その背中は、言葉以上に優しく、私に応えてくれていましたよ。

あなたは、誰にも理解してもらえない仕事を、誇りを持って、黙々と続けていたんですもの。だからこそ、私だけは、あなたの百パーセントの理解者でありたい。そう思って、ただ、その背中を見つめて、支え続けてきたんです。

あなたは、人の見るささやかな夢を実現させることこそが、自分の為《な》すべきことだと信じていましたね。

私はずっと、あなたの執筆する背中を見つめてきました。それがもう少し長く続けば……。そう思ってしまうことは、わがままなんでしょうね。

臆病なあなたは、最後まで、私に尋ねることはありませんでしたね。だから、私の口から言ってあげます。

私は、あなたと一緒で、幸せでしたよ。


（終）


本を読み終えた私は、すぐに旅立った。様々なつてを頼って訪ね歩き、ようやく、一軒の民家を探しあてる。

チャイムを押すと、扉を開けて出てきたのは、一人の女性だった。

「やはり、あなたが高仲さんの奥さんでしたか……」

高仲を取材した日、似叙伝を書くことを依頼していた女性だった。

寂しそうに頷く彼女は、私を応接間へと招いた。かつての高仲の事務所のそれとは似ても似つかない、質素で清潔な一室だ。

「この本は、高仲さんが、奥さんの視点から書いた似叙伝だと思うのですが。どうして、この本を私に？」

彼女は、私が差し出した本を、しばらく黙って見つめていた。

「主人への、誤解を解いておきたくって」

「どういうことでしょうか？」

「あなたは主人を取材されたけれど、結局、記事の形にはされなかったんですよね。何か、思うところがあったからではないのかしらと思って」

闊達《かったつ》な口調は、前回の高仲とのやり取りでは敢えて隠していた、彼女の本当の姿だろうか。

「主人の横柄な態度にお怒りになったり、守銭奴っぷりに呆《あき》れられて……、ではないと思ったんですけれど？」

「そうですね……。一番の理由は、彼について書くだけのことを、取材の際に私が見極めたと思えなかったからでしょうね」

高仲の態度をそのまま彼の人格であると判断して、記事を書くことはできた。だが私は、取材対象者である高仲との真剣勝負における「読み合い」で肩すかしを食らったまま、土俵を下ろされた感が否めなかった。そう正直に告げると、夫人はさもありなんとばかりに頷いた。

「あの日の私は、主人の作った取材用の台本通りに、あなたの前でやり取りを続けていたんですよ」

物好きな取材者が訪れるたびに彼女は駆り出されて、同じことを繰り返していたのだ。

「主人は、どんな取材にも決して、似叙伝の依頼者を巻き込まないと決めていたんです。そのために、私を架空の依頼者に仕立て上げたんですよ」

「それは、何のためにでしょうか？」

「好奇の眼での取材に、依頼者を晒《さら》したくなかったんでしょうね」

にわかには信じがたい。少なくとも、私の眼に映った高仲の像とはかけ離れている。奥さんだからこそ、ご主人を悪者のままで終わらせたくないという思いもあるのではないだろうか。

「高仲さんが実際に似叙伝の執筆を任せていたライターの方にも話を伺いたいのですが、ご主人が亡くなられてからも、連絡は取っていらっしゃいますか？」

取材の際には断られた依頼だった。もし今、話を聞くことができるなら、その人物から、高仲の似叙伝への思いをうかがい知ることができるかもしれない。

「あの人には、雇っているライターなんていませんよ」

「しかし、あの時は確かに……」

「資料を調べるのも、依頼者との打ち合わせも、もちろん文章を書くのも、すべて、主人一人だけでやっていたんです」

高仲の書斎へと案内される。壁の書棚はもちろんのこと、机の上や床までを、様々な分野の書籍や資料、コピーしたらしき文書の山が占領している。座卓の前の、高仲が座っていただろう空間だけがぽっかりと空き、周囲の資料の山が、主人の帰りを待ち続ける忠犬にも思えてくる。確かに高仲はここで、自分自身で様々な検証をした上で、人の架空の人生を作り上げる作業に没頭していたようだ。愚直に真摯《しんし》に、ただ自らの「すべきこと」に邁進《まいしん》し続けた者だけが生み出せる空間だった。

「三河さんの騒動は、私もテレビで見ましたが、高仲さんは、なぜあんな風に露悪的に振る舞って、自分を悪者に仕立て上げてしまったんでしょうか？」

彼女は首を傾げ、小さな笑みを浮かべる。子どものしでかしたいたずらを思い出すようだ。

「あの人がやってきたことは、人の果たせなかった夢をささやかに実現してあげることなんです」

それは彼女の似叙伝で初めて明かされた、高仲の本心だった。

「そう言えば聞こえはいいですけど、実際には、問題もいろいろとあったんですよ。でたらめな願望を、本の中とはいえ現実にしてしまうんですからね。他の誰かの名誉を傷つけたり、損害を与えてしまうことも、一度や二度じゃありませんでした」

「取材の際には、彼は責任を負う気はないとおっしゃっていましたが……」

「そう言うことで、あなたは取材する気をなくし、似叙伝を依頼した人物たちは守られた……。そうでしょう?」

「それは……確かにその通りです」

相手に応じて態度を変え、深入りしてくる取材相手を煙に巻くことも、彼の仕事の流儀のうちだったということだろうか。

「似叙伝の『著者』を守るために、防波堤になる。批判はすべて自分が受け止める……。口にはしませんでしたけど、主人はずっと、そう思っていたんじゃないんでしょうか」

何かを「守る」。その方法は、人により様々だろう。高仲は、似叙伝の依頼者たちを、口車に乗せられて似叙伝に高いお金を支払わされた被害者に仕立て上げることで、守り通した。そのための、高仲の仮面だった。

「お酒を飲むたびに、主人は自分に言い聞かせるように呟《つぶや》いていましたよ。俺は、悪者であり続けなきゃならないんだって」

私を前にした際の高仲の振る舞いは、演技であって演技ではなかったのだろう。似叙伝で、他人の人生を望みのままに改変したように、彼は自らに偽りの人格を「上書き」していたのだ。

◇

応接間に戻り、夫人は私の前に置かれた、彼女自身の似叙伝に眼を落とした。

「これは、主人が、人生の最後に書いた似叙伝です」

医者に余命を宣告されても、高仲は依頼された仕事を最後まで続けたという。すべての依頼原稿を書き終えた数日後、彼は入院し、二度とこの仕事場に戻ることはなかった。

「主人が亡くなって、遺品の整理をする中で、この本の原稿を、引き出しの一番奥から発見したんです」

「お二人の人生は、似叙伝に高仲さんが書かれた通りでしたか？」

彼女は、何かを思い出すような微笑《ほほえ》みを浮かべて、ゆっくりと頷いた。

「主人は、私から見ても仕事馬鹿って思えるくらい、似叙伝を書くことに人生を賭けていました。休みも取らず、子どもや孫に愛情も注がず、旅行にも行かず……。私は、主人から優しい言葉の一つもかけてもらったことがありませんでした。だけど……」

彼女は夫の書いた似叙伝を手に取り、胸に抱くようにした。

「この似叙伝を読み終えて、私はようやく、きちんとお別れができたような気がしました。これは夫の書いた似叙伝であると同時に、私が書いた自叙伝でもあるんですから」

自分を支えてくれた奥さんを、顧みることの無かった人生。その贖罪《しょくざい》の意味で、この似叙伝は書かれたのだろうか。

「高仲さんはなぜ最後に、ご自身の自叙伝ではなく、奥さんの似叙伝を書かれたのでしょうね？」

「さあ……、どうなんでしょう。自分の言葉で、私への想いを素直に語ることは、恥ずかしかったのかもしれませんね。他人の人生は冷静に分析して、いくらでも心の内を掘り起こしていたくせに、自分の想いを口にすることは、からっきしダメな人だったから」

「奥さんからは、似叙伝を書くという高仲さんの仕事は、どのように見えていたのでしょう？」

彼女は、壁の書棚に並ぶ夫の「著作」を見つめ、しばらく考えていた。

「似叙伝を依頼される方は、大なり小なり、自分の人生に不満を持っていたり、もっと違った人生がないかと想い悩んできた方ばかりです」

人生に満足している人物が、似叙伝で、違う人生を描いて欲しいとは思わないだろう。

「似叙伝では、書かれた本人の視点から、違う人生を歩んだ自分が語られることになりますよね。もちろん、主人が書いた似叙伝を読んだからって、依頼された方が心に抱える問題が解決するわけではないでしょうけれど……。それでもきっと、少しくらいは、一歩を踏み出す力にはなっていたんじゃないかしら」

依頼者が心に抱え込んだ問題に、似叙伝が多少なりとも客観性を与えることにつながる部分は、確かにあるだろう。

「似叙伝は、人の心の、ささやかな願いの結晶なんです。真実ではないからと言って、私には責めることはできませんわ。間違っているなりに、それはいつか叶って欲しい願いであり、その人の心の中の世界では、それが真実としてひっそりと華開いているんですから」

その最たる例が、三河の一件ということだろう。

「三河さんの騒動では、高仲さんも騒がれて大変だったと思いますが、彼は三河さんをどんな風に思われていたんでしょうね？」

三河の「妄想」に、高仲は形を与えた。そのことが結果的に、三河も、そして高仲も不幸にしてしまったのではないだろうか。

「どうでしょう。主人は、彼のことを何とも言ってはいませんでしたけど」

「まあ、三河さんの本がベストセラーになって、著作の権利を持っている高仲さんも利益を得たでしょうから、悪しざまに文句を言うことはできなかったでしょうが……」

夫人は、とんでもないというように首を振った。

「主人の似叙伝は、著作権はすべて依頼者に帰属しています。一旦出版したら、それをどうしようが依頼者の自由って契約なんです。ですから三河さんは、似叙伝の権利をそっくり自分のものにして、何の断りもなく再出版したんですよ。もちろん、主人は最初の執筆料以外は、一円も受け取っていませんよ」

ベストセラーとなった三河の似叙伝は、大手出版社からの発行だった。

「だけど主人にとっては、似叙伝作家冥利に尽きる事件だったんじゃないでしょうか」

三河の一件は、高仲や夫人の人生を不穏に騒がせただろうに、彼女は屈託なくそう言ってのける。

「似叙伝は人の願いの結晶化なんです。でもそれは、紙面の上だけのささやかなもので、読み終えて頁《ページ》を閉じれば、人はまた、自分が望んでいない、少し足りない世界に戻らなきゃならなくなりますでしょう？　だけど、三河さんは違いました。彼は似叙伝の世界を、そのまま現実の中に持ち込もうとしたんです。それだけ、主人の似叙伝の力が、三河さんを揺り動かしたってことじゃないのかしら」

夫のやってきたことを誇りとする、静かな覚悟の込められた言葉だった。

「三河さんは、似叙伝の自分の人生こそが本当の人生だって、思い込んでしまったんでしょうね。そしてそれを、周囲にも信じ込ませた。ちょっと羽目を外し過ぎちゃって、大きな騒動になってしまいましたけど……。だけどそんな風に、自分の過去を都合良くつくり変えてしまうってことは、往々にしてあることじゃないのかしら。だって、人はみんな、弱い生き物なんですもの」

それは意図的である場合もあれば、無意識の場合もあるだろう。高仲が似叙伝の依頼者の心からすくい上げたかったのは、その「無意識」の部分だったのではないだろうか。知らず知らずのうちに、事実とは違う形で心に留《とど》まってしまった。そう記憶することが、本人にとって納得できる人生だったからこそだ。それを汲み取ってあげたいというのが、彼の似叙伝の本当の目的だったのかもしれない。

◇

ほんの一昔前まで、いわゆる社会規範というものに対して、世間はもっと大ざっぱで、大らかであった。

たとえば未成年の飲酒。大学の新歓コンパは、未成年とわかっていてもお酒が出て当たり前だった。それが今は、居酒屋でも身分証明書の提示が求められ、未成年に酒を提供したと知れたら、店は厳しく罰せられる。飲酒の写真をソーシャルネットワーク上にアップしようものなら、すぐさま赤の他人からまで糾弾されて学校に通報が相次ぎ、学生は処分を受けるだろう。

もちろん、未成年の飲酒は「正しくない」。だが、「正しいか、正しくないか」とは、一枚のカードの裏表のように、はっきりと分かれたものなのだろうか。その境目はもっと曖昧で、光の当て方によって正しくも、正しくなくも変化する、移ろいやすいものなのではないだろうか。いや、そうであって欲しいと、窮屈で生きづらい日々を送っていると、思ってしまうこともないではない。

「捏造」という言葉が、昨今、世間を騒がせ続けている。もちろん、事実を捻《ね》じ曲げて他者の名誉を傷つけ、損害を与えるような行為は、厳しく糾弾されてしかるべきだ。

だが、許される「捏造」もまた、あるのではないか。

人が伝えたいことは、真実ばかりとは限らない。嘘であるからと言って、それが頭から否定されるべきではないだろう。誰にも迷惑を与えない限り、似叙伝はささやかな「ファンタジー」として、人の心に安らぎを与える。そのために高仲は書き続け、歴史を捻じ曲げ続けてきたのだ。そして似叙伝によって救われる人々を守るために、高仲自身も、偽りの人生を人に見せ続けてきた。どちらが高仲の本当の姿なのかは、今となっては誰にもわからない。どれが「本当の姿」だと、私が断じることもできない。

——あんたも似叙伝を書いてみるといい——

取材の日、高仲は私にそう言った。私はそれを単なる戯言《ざれごと》と捉え、深く考えることもなかった。だが今になってわかる。高仲は、人の心の「真実」を、取材によってすくい上げようなどという私の無意識の僭越《せんえつ》さを、遠回しに揶揄していたのだと。どれだけ私が高仲の人生に肉薄しようが、それは彼の人生について、私が作り上げたストーリーであって、一つしかない「真実」ではない。つまりこれはルポルタージュではなく、私が記した、高仲の「似叙伝」なのかもしれない。彼は、この本を読んだとしたら、いったいどんな言葉をかけてくるだろう?

「余計なことをしたな」と毒づくだろうか。

それとも、「あんたも立派な、似叙伝の書き手になったたな」と皮肉に笑いかけるだろうか。

チェーン・ピープル

――画一化された「個性」――

「チェーン店」という存在を、人はどう捉えているであろうか？

チェーン店の興隆は、「功罪」という形で、流通や街づくりの分野で語られがちである。

「罪」とは、言うまでもなく、「画一化による街の個性の喪失」であろう。個人経営の店々が並び、その地方ならではの特色ある産物が並べられていた地方商店街に、チェーン店はひたひたと押し寄せる満ち潮のように静かに、そして容赦なく襲いかかった。画一化・均質化・大量生産、そしてモータリゼーションの発達によって、チェーン店は瞬《またた》く間に全国に進出した。そうして、街の個性を奪い、個人営業の店舗を駆逐して、地方の独自色を殺してしまった。

それでは、「功」の側面はどうだろうか？

個人経営の店の「個性」とは言うが、それがいつも良い方にばかり働くとは限らない。サービスを提供するという使命を忘れ、常に進化させてゆく努力を怠り、時の流れから置き去りにされた店、顧客のニーズを読み誤った店も数多い。地方の駅前にある個人経営の食堂に入って、そこでしか食べられないメニューや食材と出合って大成功という場合もあれば、独りよがりや手抜きの料理を出されて大失敗という場合もあるのは、経験したことがある方も多いだろう。

その点チェーン店には、全国どこに行っても同じサービスが受けられるという安心感がある。大成功はないが、大失敗もない。そこそこの平均点は、常に提供される。

我々が、安価で快適で均質なサービスを受けることを、意識的、無意識的に望んでいる限り、これから先も、チェーン店の興隆はとどまることを知らないだろう。

商店街の個性の喪失を嘆きつつ、郊外型のショッピングセンターで買い物をする我々一消費者には、それを批判することもできないし、嘆く資格もない。

だがたとえば、その店をチェーン店と知らずに入店したらどうだろう？　チェーン店も、一軒一軒に視点を定めれば、その店ならではのストーリーや人間模様があるに違いない。幼い頃、初めて連れて行ってもらったファミレスは、その子にとっては「チェーン店」ではなく、かけがえのない一軒のレストランであり、温かな思い出が詰まった場所のはずだ。

画一化は無個性化とイコールで結ばれがちである。だが、画一化されることによって、むしろ個性が際立つということもあるのではないだろうか？

◇

山田慶介（四十二歳）の仕事は、博物館の学芸員だ。

「時代遅れだった動物園が、行動展示という起死回生の策によって来園客を激増させた例は、我々にとっても他人事ではありませんでしたからね。今では博物館でも、どれだけ注目を集める珍しい展示物を引っ張ってこられるか、と同等に、既存の収蔵品をより来場者の興味を引き付ける形で展示する、という考え方が重要になってきました。まあ、どちらもまったく別の意味で、私たち学芸員の腕の見せどころではありますけれどもね」

　穏やかな口ぶりで、彼は自らの仕事を巡る環境を語ってくれた。

　平日午前中の市立博物館は閑散としており、子どもの来館者に向けて、マスコットキャラクターが電光掲示板で空《むな》しく点滅する中、私と彼の足音だけが響く。

「山田さんは、学芸員という仕事が、ご自分にとっての天職だったと思われますか？」

　考える際の癖なのだろうか。彼は自身に問いかけるように、何度か小さく頷いた。

「どうでしょうね。人と比較しても仕方がないですし、自分が学芸員以外の仕事をしている姿を想像したこともありませんからね」

　彼は展示物の一つである、古代の土器の前で立ち止まった。

「この土器は、成形の失敗で使用されることなく当時のゴミ捨て場に廃棄されたために、保存状態が良いままで発掘されたものです。つまりこの土器は、煮炊きに使うという本来の天職からは見放されましたが、それによって時を経て、古代の暮らしを我々に伝えるという天職を得ることができたわけです。そう考えると、天職というものは、目指そうとしても辿り着けないこともあるし、思いがけないものが天職になるということもあるのでしょうね」

　展示ケースの不具合を確かめ、気になった点をメモしだす。几帳面に小さな字で記されたメモは、彼の仕事に取り組む姿勢を、そのまま形にしたようでもあった。

「人の人生も同じように、目指すべき場所、辿り着く場所が、必ずしも同じではない、ということでしょうか」

「そうかも、しれませんね」

彼はそう言って、小さく首を傾げ、顎を撫でた。

岩倉義明（六十二歳）は、定年退職後、旧街道を辿る旅に没頭する毎日を送っていた。

「この趣味も、なかなか奥が深いものがありましてね」

彼が好むのは、昔の風情が色濃く残った古道ではない。むしろ大きな道路に蹂躙され、かつての街道姿をまるで留めていない場所だという。

現に彼を取材したのも、地方の何の変哲もないバイパス道路だった。片側二車線の舗装された道路の両側には、全国どこでも見かけるチェーン店が建ち並んでいる。旧街道の面影など望むべくもなかった。

「昔の面影が残っているって言えば聞こえはいいけれど、要は時代に取り残されたってことでしょう？　街道としての使命は終えて、ただ余生を生きているに過ぎない。それくらいならば、たとえアスファルトの下敷きになっていようが、遠くへと人やものを送り届けるという使命が『受け継がれている』という点で、ずっと尊いと思うんですよ」

全国を旅歩く健脚にもかかわらず、彼はゆっくりとした足取りで、その一歩一歩を味わおうとするようだ。

「奥さんとも、一緒に歩かれていたんですか？」

奥さんは彼の定年退職を待たず、五年前に病に倒れ、還《かえ》らぬ人となっていた。考える際の癖なのだろう。彼は自身に問いかけるように、何度か小さく頷いた。

「妻は身体が弱かったから、一緒に歩くことはできませんでしたが、旅の話は喜んで聞いてくれました。むしろ、土産話をするために歩いていたようなものですね。ですが今はもう……」

失ったものの大きさに彼は絶句し、なぜだか申し訳なさそうに、ポケットから煙草を取り出す。

「禁煙しようと思っているんですが、なかなかやめられないですね。妻がいた頃は、注意してくれたんですが」

煙の向かう先を、彼は目を細めて眺めている。煙は一筋の道のように立ち昇り、やがて漂って消えた。

「受け継がれた道を歩くという行為は、岩倉さん自身の人生観にも沿っていると考えていいでしょうか？」

「そうかも、しれませんね」

彼はそう言って、小さく首を傾げ、顎を撫でた。


田中光一郎（三十五歳）は、六年間勤めていた会社を退職し、今は、独立して仕事を立ち上げるべく奔走していた。

「まるっきり新しい事業ですからね。しかもこちらは、何の実績もない新参者の若造。信用してくれって言う方が無理な話ですよね」

そう言いながらも彼は、そうした苦難すらも将来の糧とするように、屈託なく笑った。

「失敗してしまった時のことは、心配になりませんか？」

考える際の癖なのだろうか。彼は自身に問いかけるように、何度か小さく頷いた。

「まあ、どちらかというと、小心者ですからね。先のことを考えて、夜も眠れない時もありますけど……」

浮足立っていないかを確かめるように、彼は自らの足元に視線を落とした。

「もちろん、自分の可能性を確かめたいという思いはあります。だけどそれ以上に、私がどんな人間かを改めて振り返ってみるチャンスだと思うんですよ。すべてが自分の意思で決定できる環境で、私は何を基準にして次の一歩を踏み出すのか？　それを見極めたいという気持ちの方が強いですね」

自らの人生を俯瞰《ふかん》するように、眼を細める。

「それも含めて、起業の醍醐味《だいごみ》ということでしょうか？」

「そうかも、しれませんね」

彼はそう言って、小さく首を傾げ、顎を撫でた。


取材した男性たちは、名前も年齢も住んでいる場所もまったく違う。だが、その言動や、自然に現れる身ごなしや癖には、判で押したような共通点、相似性があった。

彼らはみな、「チェーン・ピープル」と呼ばれる人々だ。

チェーン店が、全国どの店にいっても、同じサービスと同じメニューを提供するように、彼らチェーン・ピープルは、同じ性格と同じ行動で、全国に存在するわけだ。

彼らは日々、「平田昌三」という一つの人格を演じ続けている。

いや、その表現は、正しくないかもしれない。彼ら自身には、我々が一般的に言う、「演じる」という感覚はないだろうから。

彼らは日々、「平田昌三」的であることを目指し続け、自らを律して暮らしている。山田慶介は「平田昌三＠４１３」であり、岩倉義明は「平田昌三＠２３６」、田中光一郎は「平田昌三＠３８７」である。

チェーン・ピープル「平田昌三」は現在、全国に三百三十五人存在している。

◇

【平田昌三であるために、あり続けるために】（抜粋）

①基本的性格

性格は温厚で、怒りを露《あら》わにすることは滅多にない。

率先して人を率いるタイプでないが、必要とされる際にはリーダーシップを発揮する。

物事の決定にあたっては、断定を嫌い、自らの意見を率先して口にはしない。良く言えば慎重で調整役として組織で重宝され、悪く言えば集団の中に埋没してしまうこともあり、特段に目立つ存在ではない。

ただし、人生の大きな分岐点ほど、自らの意見を強固に保持し、主張を変えない傾向は強まりがちである。そうした点は、頑固とみなされることもある。

②行動
歩行速度は、一般的な成人男性よりも心なしゆっくり（この「ゆっくり」は、各々の感覚で構わない）である。

考えごとをする際には、自らの内部でその思考を反芻《はんすう》するように、小さく頷く。

③癖、口癖など
煙草の嗜好については、現在禁煙中、もしくは禁煙を志しつつも、止められないという意識を心掛けること。

「そうかもしれませんね」（親しい間柄では、「そうかもしれないね」「そうかもしれないなぁ」も可）と言いつつ、小さく首を傾げ、右手で、（ひげの剃《そ》り跡を確かめるような仕草で）顎を撫でる。


いわば、「平田昌三マニュアル」とでも言うべき分厚い手引書は、彼らが平田昌三であり続ける上でのバイブルだ。

彼らは二百項目以上に及ぶ、「平田昌三らしい」行動規範を覚え込み、我が身に移し替え、自らのものとして日常に落とし込んでいるわけだ。

◇

彼らがチェーン・ピープルになった動機は、さまざまである。

大々的に勧誘活動をしている団体ではなく、ホームページがあるわけでもないので、そのほとんどは、既に平田昌三として活動しているチェーン・ピープルの一人から勧誘されるという形での参加だという。

「今までの自分に、特に不満があったというわけではないんです」

山田慶介（平田昌三@413）は、自らがチェーン・ピープルになったいきさつを語ってくれた。

「お世話になった先輩がいましてね。その人が退職される際に、私だけに打ち明けてくれたんです。自分がチェーン・ピープルだってことをね」

同じ職場や親族など、同一の空間で長時間接する人間は、勧誘してはいけないという決まりになっている。取りも直さず、同じ仕草や癖、性格を持った人物が二人いては、彼らが意図的にその人物像を「演じて」いるのではという疑念が周囲に生じてしまうからである。

よって、彼の例のように、退職や転職、引っ越し等の際に、それまで親しかった人物に個人的にアプローチする、という形が一般的なようだ。

「打ち明けられてすぐに、チェーン・ピープルになろうという気になられたのですか?」

彼は当時の自らの記憶を慎重に辿るようにして、ゆっくりと首を振った。

「そうですね……。正直に言えば、そんな気は毛頭ありませんでしたね。自分の性格や行動を、わざわざ決まりきった型にはめ込むなんて性に合わないし、なんだか宗教っぽくって胡散臭いじゃないですか。勧誘を受けたことで、先輩のことを少し疎んじてしまったようなところもあったんですよ」

それきり彼は、先輩からの勧誘のことも、チェーン・ピープルという存在のことも、すっかり忘れてしまっていたという。

「それでは、何がきっかけでチェーン・ピープルに興味を持たれたのでしょうか?」

「先輩が職場を去って二年が経って、私が先輩と同じ役職に就いた頃のことですね」

当時の彼は、中間管理職という立場ならではの、上司と部下の板挟みや、部下の掌握の難しさに悩んでいたという。

「先輩の仕事に取り組む姿勢は尊敬していましたからね。いつのまにか、『先輩なら、こんな時どうしただろうな?』って考えることが増えてきたんですよ。それに思い返してみると、先輩の仕事ぶりには、私がチェーン・ピープルという形に感じていた、他人に操られるような堅苦しさはまったくなかった。それだったら、自分もその一員になることで、先輩みたいな仕事のやり方を極めることができるかなって思ったんですよ」

そうして彼は、先輩に打ち明けられてから二年後、三十三歳の頃にチェーン・ピープルの門を叩いたという。

「チェーン・ピープルの一員となって以降、山田さん自身や、職場の同僚や家族など、身近に接する皆さんとの関係で、何か変化はありましたか？」

「最初はやはり、それまで培ってきた人生観との折り合いが付けられずに、自分の中で二つの人格が衝突を起こすこともありましたね」

彼らがチェーン・ピープルだということは、同僚や友人は言わずもがな、家族にすら知らされない。周囲の人々は、彼の性格や言動が「チェーン・ピープル的」であることを知らず、彼ら自身の本質であると認識し、彼と接することになる。

「ですが次第に、平田昌三的な立ち振る舞いを身に付けるにつれて、職場での部下掌握もうまくいくようになりましたね。家庭でも、私が穏やかになったと喜ばれていますよ」

チェーン・ピープルからの離脱率が約三パーセントと低いのは、平田昌三的な人生が、周囲の人々との軋轢《あつれき》を生まずに生きていく上で有効であることを立証するものでもあるだろう。

独身のうちに加入した者の中には、チェーン・ピープルであることを知らせないまま結婚した例もあるという。つまり奥さんは、夫の性格や行動が、「模倣されたもの」であるということを知らない。違う言い方をすれば、「平田昌三」的な言動が気に入って結婚したということになる。

◇

彼らはいわば、「平田昌三チェーン店」の、各支店の店長という位置付けである。人が独立して一軒の店を構えようと決意した時、すべてが自分の自由になる個人経営ではなく、チェーン店という選択肢を選ぶ理由は何だろうか？

それは、客がチェーン店に望むものと似通っているだろう。すなわち、安心や安定だ。フランチャイズの一員となってしまえば、運営手法を一から自分で考える必要もなく、経営ノウハウもマニュアル的に提供してもらえる。それに従っていれば、大成功とはいかないが、大失敗の可能性も遠ざかる。

それでは、チェーン・ピープルの場合はどうだろう？　彼らはいずれも、それぞれの個性を背負って生きてきたにもかかわらず、人生の何らかの転換点において、平田昌三的に生きることを選択した。

チェーン店の場合と同じように、そこには、人生の「マニュアル」を、他者から安易に与えてもらおうとするような安定志向があるのだろうか。敢えて悪意的に見るならば、自らの人生の選択を他人に丸投げするような、安易な「逃げ」ではないのだろうか？

「確かに私も、チェーン・ピープルになるということは、自分の人生ときちんと向かい合っていないんじゃないかと考えたことがあります」

そういうのは、田中光一郎（平田昌三@387）である。彼は、一度はチェーン・ピープルからの離脱を考えたこともあるという。確かに、独立して事業を起こそうとする一匹狼的な彼の性向からすれば、人のやり方に自分を合わせるという人生は、受け入れがたいもののようにも思える。

「それでは、どうしてチェーン・ピープルの世界にとどまり続けているのでしょうか」

「そうですねぇ……」

考え込む際に顎に手をやる平田昌三的な仕草も、すっかり自分のものにしている。

「昔、フィギュアスケートには、コンパルソリーという種目がありました。ご存じですか？」

「ああ、確か……」

古い記憶を呼び覚ます。フィギュアスケート競技を見ようとテレビを点《つ》けた時のことだ。いつもなら華やかな衣装で魅了する選手たちが、衣装を隠す上着を着込み、観客にアピールする笑顔など忘れてしまったように足元だけを見つめ、「演技」に挑んでいた。華麗さとも俊敏さともかけ離れた地味な姿に、子ども心に衝撃を受けたものだ。それがコンパルソリー。スケート靴のエッジで課題の図形を描き、滑走姿勢の正しさや滑った軌跡の正確さを競う競技だ。今もスポーツ観戦が趣味だという彼は、子どもの頃、コンパルソリーの様子を見るのが好きだったという。

「決まりきったルートを規定通りに進むのには、何の苦労もない……。私たちは、安易にそう考えがちじゃないですか」

「ええ、そうですね」

「ですが本当は、決まりきったルートだからこそ、それぞれの培った技術や訓練が滲《にじ》み出てくるんじゃないでしょうか。誰にも見えない矢印に従って、人知れず密《ひそ》かに、孤高の努力で楽しみ、精進する。それがチェーン・ピープルであることの醍醐味であり、誇りであり、愉悦でもあるわけです」

◇

十一月十一日、午前十一時。その日、都内のとあるホテルの広間には、さまざまな年恰好の男性が集っていた。三百脚用意された椅子は八割ほどが埋まり、人々がささやき交わす穏やかなざわめきが広がる。

ざわめきの種類は、今まで経験したどんな会合とも違っていた。初対面の者同士のぎこちなさでもない、慣れ親しんだ者の集まりで感じる傍若無人さもない。敢えて言うならば、同業者組合の集まりのような、よそよそしさと親密さとが入り交じっていた。

十一時ちょうどに、一人の男性が壇上に姿を見せた。時ならぬ拍手が巻き起こる。拍手は、身内の一人に向けられるように温かく、親密なものであった。

拍手が静まるのを待って、男性は一同を見渡した。その表情には、同胞や盟友を前にした時のような、心やすさと頼もしさが表されている。

「平田昌三は、模倣にあらず」

高らかな宣言ではない。だがその声音には、誇りと自負、そして、培ってきた歴史を担う責任が、静かに同居するようだ。

「我々は、昨年の大会から一年間、一人の平田昌三として日々を生きてきました。社会情勢は激しく移ろい、暗いニュースばかりが流れる昨今、それぞれにとって、チェーン・ピープルであり続けることは、決して容易《たやす》い道のりではなかったことでしょう。ですが、そんな時代であるからこそ逆に、平田昌三としての日々を生きることが、皆さんにとっての人生の喜びであり、生きがいであり、目標であり続けることを、願ってやみません」

聴衆であり、参加者であり、同志でもある男たちは、惜しみない拍手を送る。同じ性格を共有するからだろうか。拍手は揃い、手拍子のようにすら聞こえた。

顔立ちも、年恰好も違う人々だ。だが彼らは、同じ個性を共有すべく、絶えず自らを律し続けている。

チェーン・ピープルの定期大会の一幕だ。彼らが一堂に会するのは、年に一度、この日だけだった。

◇

定期大会の翌日、私は壇上で開会の挨拶をした男性に面会を申し込んでいた。

「本来の、平田昌三という人物は、実在するのでしょうか？」

「チェーン・ピープル平田昌三」の提唱者である山下順三氏は、すでに十二年前に亡くなっている。現在、会長を務めているのは、彼、杉山徳治だ。山下氏がチェーン・ピープルを提唱して五年後に加入した、草創期のメンバーの一人である。彼が現在、最も番号の小さい平田昌三（@0

37）であり、筆頭継承者となっている。
「提唱者の山下氏が尊敬する、もしくは理想とする平田昌三という人物がいて、その人物の行動や性格を模倣した結果、チェーン・ピープルの基本的性格が定義付けられていったのでは……と思ったのですが」

取材したチェーン・ピープルたちが、身近にいた人物を加入のきっかけとしたように、提唱者である山下氏も、理想とする誰かの生き様を模倣したのではないのだろうか？

「それは、私にもわかりません」

提唱者である山下氏は、平田昌三のモデルについては、ほとんど何も語ろうとしていない。数少ないインタビュー記事でも、彼ははっきりと、「理想像としての平田昌三」について否定している。


――平田昌三とは、私自身の鏡だと言う者もいれば、理想形だと捉える者もいるだろうが、そうではない。

平田昌三的な生き方は、すべての人にとっての理想とは言いがたいだろう。性格的にも難を抱えた部分もあり、決して、社会的成功を得られるタイプではない。生きづらく感じることも、一度や二度ではない。

だが私は、平田昌三として生きることこそに、人生の醍醐味を感じ、生涯の掟とすることに決めた。それは私にとっては、人生を縛る鎖である。だが、その鎖が誰にも見えないという点では、私は束縛され、同時に自由でもある。その妙を楽しみながら、私は生きるとしよう。平田昌三とは、横を通り過ぎる、見知らぬ誰かの象徴であり、誰もが心に持つ、何者でもない存在の代理人である。群衆に紛れ、目立たず、疎外されず、群れもせず、孤独でもなく、ただ、この社会に生きる一員としてそこにある。

それこそが、平田昌三的な人生の理想ではないだろうか。

杉山氏から、一本のビデオを見せてもらった。

モノクロの映像の中では、五人の男性が車座になって、一つの議案について論じ合っている。男性たちは、恰好も年齢もさまざまだ。だがその様子には、先日の定期大会での、不揃いなりの統一感と同じものがあった。

——やはり、これからの平田昌三の人物像を考える上では、経済成長との関連を明確にすべきではないでしょうかな

——左様、これからこの国は、激動とも呼べるほどの大きな変化を迎えるでしょう。それを、平田昌三としてどのように考え、行動するかが、重要な課題となってくるでしょうな

——それではどうしますかな。三種の神器とも呼ばれる家電製品の購入については……

——そうですな。平田昌三的には、やはり、人並みな興味はあるけれども、率先して購入するには臆病になる、という形でどうでしょうかな

五十年前の、まだチェーン・ピープル平田昌三が五人しかいなかった頃の、全体会の様子だった。

当時は高度成長期で、人々の生活様式も、変化の大波に乗っていたはずだ。平田昌三がそうした好景気に、どのように考え、どう行動するかを考えるのは、当時の彼らにとって重要なことだったろう。

私は違和感を覚えた。その内容にではなく、五人の話しぶりに。

「今のチェーン・ピープルの皆さんの話し方や身ごなしとは、ずいぶん違うように思えるのですが」

「ええ、私もそう思います」

杉山氏は頷いて、私の違和感を彼が共有していることを認めた。

現在の平田昌三のマニュアルの中にも記載されている、顎に手をやる特徴的な仕草は、ビデオの中では一度もお目にかかることはなかった。

「あの仕草が平田昌三の癖として組み込まれたのは、二十八年前ですからね」

過去を振り返りながら、彼が顎に手をやったのは、無意識の行動だったろう。

「つまり、皆さんが思い描く『平田昌三らしさ』とは、時の経過と共に変化しているのだ、と考えてもよろしいでしょうか?」

彼は「その通りです」と言いながら、ゆっくりと頷いた。

「それは、時を経て自然に変わりゆくものなのでしょうか？」

「いえ、そうではありません」

ロッカーに納められていた、定期大会の過去の議事録の束が、私の前に積み上げられた。

「平田昌三の行動や性格付けがどう変わっていくかはすべて、定期大会での決定事項となります」

議事録は、癖や身ごなしに新たに加えられたもの、そして逆に排除されるものが毎回きちんと議論され、承認された上で、平田昌三が変化していることを伝えていた。

「定期大会の場で、そうした変化を受け入れるかどうかを多数決で決定するわけですね」

「本来のチェーン・ピープル的理想から言えば、全会一致で決定されることが望ましいでしょうが、なかなかそうはいきませんからね。出席者の三分の二以上の賛成によって、平田昌三の設定を変更することが承認されるわけです」

「反対した方にとっては、決して望んではいない変化を、受け入れざるを得ないということですね」

「そうなりますね」

ことは自らの「性格」や「行動」に関わるだけに、それを受け入れるのは容易ならざる決意が必要であろう。

「将来、たとえば私が死んでしまってからも、チェーン・ピープルは次の世代に受け継がれてゆきます。時を経るごとにその性格付けは変化し、二十年も経ったら、私の知る平田昌三とは、まるっきり別人になってしまうんでしょうね」

それは、老人が次代を担う若者の理解不能な行動に眉《まゆ》をひそめるような、諦めの発露ではなかった。むしろ、変わりゆくことを自然として、泰然と受け止めようとする姿勢だ。それもまた「平田昌三」的な考え方に沿ったものだろう。

◇

定期大会では、五人の「総代」が選ばれる。それは、チェーン・ピープル発足当初の、五人での全体会を踏襲したものであるとも言われている。総代は二年間の任期の中で、次の時代の平田昌三がどうあるべきかを議論してゆくのだ。

今回選ばれた上西藤次（平田昌三@２４１）は、総代を務めるのは初めてとあって、自らの責任を背負うように、ゆっくりと肩を揺すった。

「これから二年間は、二か月に一度総代が集合して、来年以降の平田昌三の歩むべき道について議論してゆくわけです。この二年だけではなく、将来の平田昌三像にも関わることですからね。気を抜くわけにはいきませんね」

「話し合われる主題は、何なのでしょうか？」

彼は指折るようにして数え始めた。

「昨年一年間の活動の成果、各自のレポートからの問題点の抽出。それを踏まえて、社会環境の変化の中で、平田昌三の人間像に、どんな変化が妥当であるか、という点ですね」

「平田昌三という人格が、時を経て変化していくということについては、どう思われていますか？」

しばらく考えながら、彼は何度か小さく頷いた。

「たとえば、山奥の村に何百年も受け継がれている伝統の祭りだって、何もかもが昔のままってわけではないでしょう？　誰もが携帯電話を持っているのに、連絡を取り合うのに昔ながらの狼煙《のろし》を使う必要もない。トラックがあるのに、大八車で荷物を運ぶ必要はないですしね」

連綿と歴史を引き継ぐ伝統の息づく場であっても、時代の変化や技術革新の影響は、自ずと受けざるを得ない。それによって、生み出されるものの本質が変わってくるわけではない。

「ですがたとえば陶芸の世界で、手捻《てびね》りでつくるか、手回しろくろを使うか、はたまた電動ろくろを利用するかは、つくり手それぞれで考え方が異なるし、出来上がる作品も異なってくるはずですよね」

「そうですね」

「重要なのは、変わらないことではありません。変わるべきこと、変わるべきではないこと、その線引きを見極めることです。絶対に変えられないもの。時代に応じて変えてゆくべきもの……。それを考えるのも、総代の役割なのです。その匙《さじ》加減が、難しいところでしょうね」

本来の「あるべき」とされる平田昌三の理想形というものが存在しない以上、どういった変化が（もしくは変化しないことが）正しいという判断もできない。だからこそ、総代会ではいつも、方向性についての議論に最も時間が費やされるという。

「もちろん、変わらないことを希望する平田昌三も、少なからず存在します。ですが……」

彼はそう言って、表情を曇らせた。


たとえばチェーン店が「本家」と「元祖」に分かれて、互いが「自らこそが源流である」と主張して譲らない状況というのは、さまざまな業界であるだろう。そのブランドに対する愛情や誇りが高いほど、そうした「分家、分裂騒動」は生じがちだ。

チェーン・ピープルもまたしかりだ。現在に至る道筋は、決して平坦だったわけではない。

「チェーン・ピープル平田昌三」が二つに分かれたのは三十二年前、今も彼らの会合では、「平田昌三分裂騒動」として話題に上る事件だ。

「当時ナンバー2の位置にいた平田昌三@008が、定期大会で緊急動議を提出したのです。皆、寝耳に水のことでしたね」

現会長、杉山氏は、当時を振り返ってそう述懐する。

ナンバー2だった平田昌三は、年々変化してゆく平田昌三像に疑問を抱き、原点である山下氏が提唱した姿に立ち返ろうという主張を展開した。いわば、平田昌三原理主義とも言うべきものであった。

「彼は、勝算もなく無鉄砲に動議を提出したわけではありません。何年もかけて、水面下で事前に根回しをしていたようです。動議には、たくさんの賛成の手が挙がりました」

動議は反対多数で否決されたものの、ナンバー2は、その場で新たな組織を立ち上げることを宣言した。動議に賛成した五十人以上とともに、会と決別したのだ。

彼らが翻《ひるがえ》した「反旗」の下は、一時は大いに賑わい、独自の賛同者を取り込んで百人近くまで人数を増やしたという。

「その後、新たなチェーン・ピープル組織はどうなったのでしょうか？」

「離反したとはいえ、かつては同じものを目指した仲間ですからね。彼らの動きは注目していたのですが……」

「原点回帰」の度が過ぎていたからだろうか。行動規範のあまりの窮屈さに音《ね》を上げる会員が後を絶たず、新たなチェーン・ピープル組織は、二年余りで消滅してしまったという。

「最大の危機として、今も語り継がれてはいますが……」

彼は腕を組み、当時の騒動を思い返すようだ。だが、いわゆる「お家騒動」に振り回された過去を憂うような、苦い表情ではない。

「実のところ、もし、あの時の分裂騒ぎがなかったなら、チェーン・ピープル平田昌三は、それから十年程度ですたれてしまっていたのではないか……。私はそう思っているんですよ」

彼は、受け継がれた「平田昌三的な人生」を俯瞰するように、眼を細めた。

「結果的には、分裂騒動があって良かった、ということになりますか」

「そうかもしれませんね」

そういって、彼は平田昌三的に顎を撫でる。その仕草は、分裂騒ぎを経てチェーン・ピープル組織がようやく態勢を整え直した時期に、平田昌三の癖に組み込まれたものだ。

「人の人生に、上り調子一辺倒ではないさまざまな起伏があるように、平田昌三的な生き様にもまた、波瀾万丈あってしかるべし、ということでしょうね」

分裂騒動は、平田昌三という「組織としての個性」が成長する上での、必要な試練の一つであったのだろう。

◇

「平田昌三が俺にとってどんな存在かって？　そうだなあ、言ってみりゃあ、未練を残して別れた恋人みたいなもんじゃねえかなあ」

腕を組み、記憶の内側をさぐる彼は、山田洋二郎（仮名・五十七歳）。彼は十一年前までチェーン・ピープルの一員だった。「放逐組」と呼ばれる、規則違反による追放者だ。

「山田さんはどうして、チェーン・ピープルから離れることになったのでしょうか？」

現会長である杉山氏からは、彼が「放逐」された理由は聞いていた。だが、それはあくまで、杉山氏の視点からの「事実の一部」でしかない。いくつもの角度からの光の照射によって、事実の輪郭はより明確になる。

「定期大会での新しい方針に、納得いかなくってね。新たに加わった癖ってやつを、まるっきり無視してやったんだよ」

「放逐」の憤りを昨日のことのように、彼は鼻息を漏らした。

定期大会に出席するためには、一年間、自分が平田昌三としてどのように過ごしたかをレポートの形で提出しなければならない。彼は自らの違反行動を正直に申告したのだという。

「チェーン・ピープルの皆さんは、普段は日常的に触れ合っているわけではないんですよね？　自らの違反行動を黙っていれば、そのまま平田昌三でいることができたはずですが？」

「あんた、そりゃあ、平田昌三的じゃねえよ」

彼は一言の下に否定し、強く首を振った。確かに、たとえ自分に不利な事実であっても、自らの信条に関わることであれば、黙っていることを潔しとしないというのは、平田昌三らしくはある。

「平田昌三としての人格は、今も山田さんの中に生じることはあるんでしょうか？」

一度会を離れた者は、二度とチェーン・ピープルに復帰することはできない。だが逆に考えれば、「放逐」されてしまえば、何ら縛りがなくなってしまうということでもある。会を離れてなお、彼がどんなに平田昌三的に振る舞おうが、誰も咎《とが》めることはできないのだ。

「どうだろうな……」

彼は薄くなった白髪頭に手をやって、忙《せわ》しなく掻きむしる。

「確かに俺は、今の平田昌三の中では異端な存在だと思うよ。総代になった時なんか、大いに引っ掻き回して爪弾《つまはじ》きにされちまったしな」

話が興に乗ってくるとくだけた口調になるのも、今までに接してきたチェーン・ピープルたちとは似ても似つかない。

「それでも、昔ながらの平田昌三の精神ってやつは、俺が一番受け継いでいるって……、そう思うんだけどね」

自負を込めて胸を張るが、その笑顔はどこか寂しげでもあった。

「まあ、個人でひっそりと、オリジナル平田昌三でいる分には、あいつらにも迷惑はかけんだろう？」

自らを奮い立たせるようにしきりに頷き、彼は頰を両の掌で包み込むようにして叩いた。それは確かにビデオの中で垣間見た、初期の平田昌三の姿そのものであった。

◇

三年前の冬、一人の女性が自宅の一室で首を絞めて殺害される事件があった。犯人は彼女の恋人で、自ら警察に電話して自首し、すぐに逮捕された。痴情のもつれからの発作的な犯行であり、日々凶悪な殺人事件がワイドショーを賑わす中で、さほど注目された事件でもなかった。

だが、家宅捜索でチェーン・ピープルのマニュアル書が押収されたことで、それは彼の殺人衝動を解明する上での、重要な手がかりとなった。

「あなたは、チェーン・ピープル平田昌三として、人を殺したのでしょうか？」

それは公判の場で、検察官が遠見誠也（仮名）に突き付けた質問だった。

彼は、「平田昌三@429」であった。チェーン・ピープルに属したのは事件の五年前で、平均参加年数が九年である平田昌三の中では、中堅に位置する人物だ。

彼自身は、自らがチェーン・ピープルであるということを、家族や友人、職場にも公表していなかった。それはチェーン・ピープルとしては基本的な行動であったが、検察側からは当然、「隠匿していた秘密」として認識され、厳しく追及された。

「あなたはチェーン・ピープルという、個人の人格を否定し、一つの人格を強制する組織に属していた。自らの行動や性格を、本来のあなたではないものへ変換することを強いられていたわけです。そのストレスから、殺人へと至る衝動が芽生えた……。そうですね？」

検察官としては、当然の追及だったろう。

それに対して、彼はどう答えただろうか。認めてしまえば、平田昌三はそうした咄嗟《とっさ》の殺人衝動をすら内包した「危険な人格」というレッテルを貼られてしまう。チェーン・ピープルの多くの「同志」を守るためにも、彼は即座に否定するべきだっただろう。殺人は平田昌三とは無関係で、あくまで自分自身の意思であると。

だがそれは、「人生の大きな分岐点ほど、自らの意見を強固に保持し、主張を変えない傾向は強まりがちである」という平田昌三の生き様からすれば、受け入れられない「変節」であった。

「まず断わっておきますが、チェーン・ピープルに属するということは、自らの人生の幅を狭めるものではありません」

裁判官に回答を促された彼は、ゆっくりと顔を上げ、しっかりとした口調で語りだした。

「私は私であり、同時にチェーン・ピープル平田昌三でもあります。チェーン・ピープルとして長く過ごした今、その二つは私にとって分け隔てることができないものです」

彼は、殺害した女性の首を絞めた自らの両手に視線を落とした。

「私はこの手で、彼女の首を絞めて殺害しました。それでは罪があるのは私の手だけでしょうか？　そうではありません。私の思考が彼女の首を絞めることを決断し、私の両脚が逃げる彼女を追いかけ、私の胴体が彼女に圧《の》しかかった。私の身体すべてに、彼女を殺した罪はある。私の精神の内側でも、私個人と平田昌三は分かちがたく結び付いている以上、罪を犯したのは私自身であり、同時にチェーン・ピープルとしての平田昌三なのです」

検察官は、理解しがたいというように首を振り、追及の矛先をチェーン・ピープルという組織そのものへと向けた。

「それでは、チェーン・ピープルに属する人はみな、あなたのように咄嗟の殺人の衝動を心に抱え、殺人を犯す危険性があるということですね？」

心の逡巡《しゅんじゅん》をそのままに、彼はしばらく言葉を失って俯《うつむ》いていた。答えるように裁判官に促され、彼はゆっくりと頷いた。俯いたまま口を開きかけたが、自らを潔しとしないように、屹然《きつぜん》と顔を上げた。

「私の人生は、私自身のものであり、平田昌三のものでもある……。私が言えるのは、それだけです」

平田昌三的な人生の信条を曲げず、同時に、チェーン・ピープルの同志に累を及ぼすまいとするぎりぎりの言葉だったろう。

この公判で初めて「チェーン・ピープル平田昌三」なる存在を知り、そこから私の取材は始まった。さすがに事件当時は、私の取材依頼は拒まれ、三年の時を経て、ようやく取材が実現したというわけだ。

◇

「もちろん彼の行動は、許されるものではありません。人としても、そして平田昌三としても」

チェーン・ピープルの現代表である杉山氏は、殺人被害に遭った女性に追悼の意を捧げた後に、そう語りだした。

「平田昌三の一人が殺人を犯したのは、まぎれもない事実です。まずは、その事実をしっかりと受け止めることから、我々は始めなければなりませんでした」

事件が明るみになったのを機に、会を去っていった者も多かった。急遽招集された五人の総代の間でも、彼の殺人をどう取り扱うかについて、議論は紛糾したという。

「それでも、彼を除名するという結論には至らなかったわけですか？」

前述した山田洋二郎の例のように、チェーン・ピープル的言動から逸脱してしまい、除名される人物がいないわけではない。遠見もまた、殺人を犯した時点で既に「平田昌三」ではなくなっていたという判断を下せば、会への批判はかわせる。会員のチェーン・ピープルとしての自尊心も回復できるはずだった。

「遠見さん自身からも、自分をチェーン・ピープルから除名してくれという手紙が届きました」

「それには、どのような対応を？」

「他の退会希望者の場合と同じです。総代会で退会希望理由を検討し、許諾を下します」

許諾には、三つの結論があるという。

1　退会理由に相当し、退会を許可する
2　退会理由には相当しないが、退会を許可する
3　退会理由には相当せず、退会を許可しない

総代会の下した判断は「3」だった。

「本人が退会を望んでいるのに、退会を許可しない場合がある、ということですか？」

本来自由意思で入会したはずの人々だ。退会も、自らの意思に沿ったものであってしかるべきではないだろうか。

「退会理由3を適用するのは、極めて特殊な事由の場合のみです」

杉山氏は、当時の総代の議論を振り返るように、顎を撫でながら考えていた。

「つまり、その人物がチェーン・ピープルの一員であり続けることが、会全体にとってはより良い方向性に向かうだろう、逆に言えば、退会させてしまうことが、会を衰退させる方向につなが

るだろうという場合に、退会撤回を勧告するということです」

つまり当時の総代は、彼が会に存続し続けることが、組織にプラスの影響を与えると判断したということだ。

「たとえば、チェーン・ピープルの一人が、何か大きな賞をもらったりしたなら、我々は自分のことのように歓び、誇りに思うことでしょう。だとしたら、自分たちにとって都合の良い場面だけを平田昌三的行動として認め、都合の悪い行動は認めないというのでは独りよがりでしかありません。それはきっと、平田昌三的な考え方ではないでしょう」

臨時に開かれた総会で、きわどい差ではあったが三分の二の賛成を集め、総代の決定は了承された。

殺人事件が起きるたびに、近所の人へのインタビューで、「挨拶もきちんとしてくれて、そんなことをするような人には見えませんでしたけれどねえ」というコメントが繰り返される。それはすなわち、誰の心にも、咄嗟の凶暴な衝動が眠っている可能性があるということに他ならない。彼らチェーン・ピープルは、遠見の内に芽生えた殺人の衝動すら、平田昌三の人格に内包されているものとして受け入れたのだ。

「総会での決定を伝えた時、彼は何と？」

「再び手紙が届きました。罪を償って出所したその時に、もう一度考えさせて欲しいと」

遠見自身は、私の取材を依頼する手紙にも、丁寧な断わりの手紙で固辞し、語ることはなかった。面会も拒絶されたので、彼自身から真意を聞くことはできなかった。自らの罪について申し開きをする、絶好の機会であるにもかかわらず……。

それは彼が、どんな形で私に答えたとしても、チェーン・ピープルに迷惑がかかることを危惧しているからだろう。

「甘んじて罰を受けるその姿勢は、まさに我々チェーン・ピープルにとっての、あるべき平田昌三像そのままであると考えます。彼は今この時も、我々の一員なのです」

会長はそう断言し、揺るぎない。それは、遠見の事件によって大きく揺れ動いたチェーン・ピープルが乗り越えてきた結果に、自信を持っているからだろう。

「それでは、彼が罪を償って出所したら？」

「もちろん定期大会に出席してもらい、これからも続けるよう説得します。他の会員と何も変わらない、チェーン・ピープルの一員としてね」

懲役十五年の判決を下され、今も塀の中で暮らす彼は、平田昌三的な暮らしで自らを律し、懺《ざん》悔《げ》の日々を過ごしていることだろう。

◇

「平田昌三ではなく、自分自身でありたいと思ったことはないんですか？」

私は彼らに会うたびに、その質問を繰り返してきた。今回の面接者である佐久平光昭（仮名・平田昌三@253）に対しても、それは同様だ。

「私がチェーン・ピープル平田昌三として生きるようになって、もう二十五年になります」

彼はベッドに横たわった姿勢のまま、窓からの景色を眺めていた。窓の外には彩りを失った冬枯れた風景が広がり、午後の傾いた太陽が、弱い光をシーツの上に落とした。

「今となっては、チェーン・ピープルになる以前の自分がどんな人間だったかを思い出すこともできません。どこまでが自分本来の個性で、どこからが平田昌三だという境界線も、曖昧になってしまいました」

痩《や》せ細った肩を弱々しくすくめる姿は、どんな時も穏やかさを見失わないでいようとする、平田昌三の姿そのものであった。

「人の個性とは、その人一人のみによって生じ、完結するわけではありません。育ててくれた両親や兄弟、友人、教えを受けた教師、指導してくれた先輩など、さまざまに関わってきた人々の影響によって、日々、少しずつ形作られてゆくものです」

「そうですね」

「平田昌三の性格付けもまた、時代の変化や社会との関係性に応じて協議され、修正が加えられていきます。我々は、あるべき平田昌三像に自らを近づけるべく日々努力を重ね、その個性を身に付けてゆくのです。だとしたら、個人としての個性を持つことと、平田昌三としての個性を持つこととの間に、いったいどれほどの差があるでしょうか？」

そう言って、点滴の針の跡が痛々しい自らの腕に視線を落とす。

「これからも、奥さんにチェーン・ピープルであることを打ち明けられるつもりはないんですか？」

つくられた人格で結婚生活を続けるということは、ある意味、奥さんに対する「裏切り」であると考えたことはないのだろうか？

「もちろん、たとえば浮気をした事実を隠し続けているのだとしたら、それは妻に対する罪悪感につながるでしょうけれどね……」

それとこれとは別問題だというように、佐久平は首を振った。その仕草もまた、出会ってきた他のチェーン・ピープルたちと相似形の、「模倣された」もののように、私には思えた。

「私はこれからも、チェーン・ピープルであることを止めるつもりはありませんし、おそらくこと切れるその瞬間まで、平田昌三的な人格を持ち続けるはずです。だとしたら妻に見せるのは、最後までチェーン・ピープルとしての私でしかありません。妻は私が本来そうした人格なのだと信じたまま、最期を看取《みと》るはずです。だとしたらそれは、裏切りでも何でもない。私は妻にとっての良き夫であると同時に、チェーン・ピープルとしての人生を全うするんです」

末期癌に侵された彼は、最後の時間を家族と過ごす場として、このホスピスに入院している。明るく設《しつら》えられた室内は、病室というよりもリゾートホテルの一室のようではあったが、宿命的な薬品の匂いの背後に、拭い去れぬ「死」の気配が漂っていた。

「私たち夫婦は、子宝には恵まれませんでした。私がいなくなり、いつか妻が寿命を全うすれば、私の記憶を受け継ぐ者は、この世に誰もいなくなります」

人もまた他の生物と同じく、次の世代へと「種」を残してゆく本能がある。自らの人生の終焉《しゅうえん》を意識した時、その「途絶」について思いを馳せないわけにはいかないだろう。

「ですが、チェーン・ピープルである私には、三百人もの同志がいるわけです。私と同じ性格の人々が、私が消え去っても、日々を変わりなく過ごし、その個性が受け継がれてゆく。そう思うと不思議に安らかな気分になるんですよ」

「個」としての未来を、受け継がれゆく集団としての個性へと託し、彼は穏やかな表情で微笑んだ。

「お話が弾んでいるみたいね」

席を外していた奥さんが、様子を見に戻って来た。衰弱した彼の体調に障らないかと心配したのだろう。

「ああ、業界の今後の変化について教えてもらっていたところだよ。インタビューを受けるはずが、こちらが教えられることばかりで、ついつい話し込んでしまったよ」

チェーン・ピープルであることを彼が奥さんに告げていない以上、他の目的であると偽るしかなかった。私は彼の属する業界の、著名人インタビューという名目で、彼の元を訪れたのだ。

「それじゃあますます、病気を早く治して、仕事に復帰しないとね」

奥さんは隠し通しているつもりのようだが、彼は既に自らの死期を悟っている。彼は、存在しない「未来」を無理やり描こうとするように、眼を細める。

「話し込んじゃって疲れているかと思ったけど、かえって元気になったみたいね……。良かったわ」

「そうかもしれないね」

彼はすっかり細くなった腕を持ち上げて顎を撫でた。その癖の披露に、奥さんは夫の「ご機嫌なポーズ」を認めて安心したように微笑む。


取材を終え、私は病室を辞した。

建物を出て振り返ると、彼は奥さんと共に、病室の窓から私を見送っていた。寄り添うその姿は仲睦まじく、語らずとも互いを理解し尽くした夫婦のシルエットだった。

今際《いまわ》の際《きわ》のその場で、彼が奥さんに向ける言葉は、彼自身のものでもあり、同時に、チェーン・ピープルとしてのものでもあるのだろう。その二つは既に、彼の中では分かちがたく結びついている。命の灯《ともしび》が消える、その瞬間まで。

◇

数年前、道を歩いていた私は、突然呼び止められた。

「園山さん、こんな所でお会いするとは……」

初老の男性が、にこやかな笑顔で私に会釈《えしやく》した。戸惑った私がすぐには返答できずにいると、男性は旧知の間柄のように、私の知らない誰かの消息を語りだす。

「……あの、失礼ですが、どなたかとお間違いではないでしょうか？」

私をまじまじと見つめた男性は、ようやく別人だと気が付いたのか、恥じらいと失望とを表情に表した。

「申し訳ありません、人違いでした」

男性は申し訳なさそうに、何度もお辞儀をして去っていった。

チェーン・ピープルの取材を終えた今になって、私は悔やんでいる。あの時、私を呼び止めた男性に頼むべきではなかったか。「もし良かったら、園山さんという方と、お逢いすることはできませんか」と。

他人の空似だったのだろう。だが、私に似た「見知らぬ誰か」もまた、ただ顔立ちが似ているというだけではないだろう。経てきた人生の結果、醸し出される雰囲気や身ごなしがあってこそ、私は「園山さん」なる人物と間違えられたのだから。二人が「似る」上で経てきた人生が、どれほど同じで、どれほどに違うかを、じっくりと語り合ってみたかったのだ。

「個性」とは何か？

チェーン・ピープルたちを取材しながら、私は何度となく、その言葉を自身に問いかけていた。彼らは個人としての個性を持つことを否定し、すべての人格を、「平田昌三」という一つの個性の上に画一化する。

画一性とは、「個性」とは対極にある概念であろう。

では彼らは画一的であることで、人間としての面白みに欠けていただろうか？　そんなことはない。それぞれに社会の一員として、そして家族にとっても、なくてはならない存在となっていた。

つまり彼らは、画一的であり、同時に個性的でもあるのだ。

私は私で、他の誰でもない。だがこの世界のどこかには、私とまったく同じ行動や考え方をする「誰か」がいるかもしれない。だからといって、私の個性が否定されるわけではないし、その「誰か」に偶然出会わない限り、私が自分の個性に思い悩む必要もない。

私は、「私」としての個性を持っている。

それでも、もしかしたら私もまた、誰かのチェーン・ピープルなのかもしれない。

ナナツコク

―記憶の地図の行方―

地図に求められるのは正確さだ。

距離、方角、建物や目標物の位置、目的の場所の状況を一目で把握するために、地図はつくられる。万人にとって利用しやすいように、地図は記号や様式が統一されている。そこからは、人の感情による優遇や贔屓は、一切排除される。

だが同時に、わかりやすくするための省略や誇張が存在するのも確かだ。五万分の一の地図で、幅二十メートルの道路を「正確に」記そうとすれば、地図上ではほんの0・4ミリ幅しかなくなってしまい、地図の「視認性」という最も重要な要素が蔑《ないがし》ろになってしまう。実際の道の幅には関わりなく、国道は太く、その他の道路は細く表示される。

地図に何を求めるかによって、優先される内容は変わってくる。鉄道路線図であれば、地形や線路の線形の正確性は二の次で、駅名をすべて網羅するために、駅が多い区間では曲がりくねった路線図になっていることもある。

存在しているのに、地図に記されなかった場所もある。戦時中には、軍事施設は意図的に隠され、他の施設にカムフラージュされていた。毒ガス製造施設があったために、存在そのものが地図に描かれなかった島もある。

つまり地図とは、作成上の制約、見る者の用途、時代の要請によって、現実とはまた別の「真実」を描き出すと言えるのではないだろうか。

地図が作成されるのは、もちろん、それを利用する者がいるからだ。

それでは、決して辿り着けない場所、誰も知らない場所の地図は、つくる必要はあるだろうか？　遥か昔、まだまだ未知なる大地が地平線の先に広がっていた頃には、地図とは、いつか辿り着く場所への、果てなき冒険心をくすぐる希望の象徴だったはずだ。

六年前、一つの国が、地図の上から消え去った。

これは、記憶の地図の継承者と、記憶の中だけに存在し、そして、そこに暮らす人々の話だ。

◇

彼女と出逢ったのは、一年ほど前のことだ。

その日、私は出版社のパーティーに出席するため、都心の繁華街のホテルにいた。付き合いで出席したものの、一通りの挨拶を済ませると、既にそこにいる意味はなくなり、かといって立食パーティーの「ごちそう」に列をなして群がる気も起きず、早々に退出して、ラウンジでコーヒーを頼んだ。片隅のテーブルで、三日後に訪れる予定だった地方都市の地図を広げていた。

「なんだか、とっても古い地図ね」

隣のテーブルの女性が、親しげに話しかけてきた。三十代半ばほどだろうか。派手な化粧と、きれいに巻き上げた髪型からすると、この辺りの繁華街の夜の店で働く女性だろう。どうやら、同伴出勤の待ち合わせ相手が遅れていて、暇を持て余していたようだ。

「これは、八十年ほど前の地図ですね。こうして、新旧の地図を重ね合わせてみると、様々なものが見えてくるんですよ」

新しくできた道路、無くなってしまった線路、繁華街の変遷、土地の利用の移り変わり……。その経緯を考えると、人々が、その地でどんな暮らしをしてきたのかがわかってくる。それが、長く住んでいる人物に話を聞く上で、大きなヒントになる場合も多い。

そんな話を、彼女は興味深そうに頷きながら聞いていた。耳の横に落ちかかる前髪をかき上げながら、二つの地図を熱心に見比べている。人懐っこさの陰に、誰かに依存せずにはいられない危うい媚《こび》が微かに垣間見えるようだ。

「あなたは、地図がお好きなんですか？」

今までにも、地図に興味を持って話しかけてきた人物がいなかったわけではない。だがそれはいずれも、男性ばかりだった。彼女は小さく肩をすくめると、鼻すじに皺を寄せるようにして首を振った。ラメ入りの輝くワンピースのえりぐりから、薄幸そうな鎖骨が覗く。

「私にとって、地図は人生そのものだったの。だから、好きも嫌いもないわね」

「何か、地図に大きく関わるような仕事をされていたのですか？」

地図が人の人生を左右することはあるだろう。だが、地図が人生そのものであるとは、少し大げさな気がした。

「五年前に、滅んでしまったの……。一つの国が」

私の困惑をよそに、彼女は独り言のように呟いた。そんなニュースを聞いた記憶はなかった。それに、その国と彼女に、どんな関係があるというのだろう。

「国って言っても、それは、私の記憶の中だけにある国だったんだけどね」

お冷《ひや》のグラスが汗をかき、ガラステーブルに水滴を落としていた。水滴がシャンデリアの輝きを映し取る。彼女はその輝きに、心の内を覗き込むような遠い眼を向けた。

「私の頭の中には、かつて、一つの大きな国の地図があった。完璧な、その国の地図が広がっていたの」

「そうですか……」

彼女の言葉を聞くうちに、半信半疑の気持ちになる。ただの妄想癖の強い人物なのではないか？　様々な相手にインタビューを試みるうち、そうした人々に対する警戒のアンテナは充分に発達していた。

「ごめんなさい、初対面なのに、突然、突拍子もない話をしちゃって」

彼女は敏感に私の心を察して、立ち上がってお辞儀をした。

「私、そろそろ行かなくっちゃ。お話、ありがとうございました」

その様子に、私は少し考えを改めた。妄想癖の強い人物は、得てして、自分以外の人間の感情の機微に無頓着なものだ。そうした性向とは無縁の察しの良さだった。

「あの……」

思わず呼び止めると、彼女は振り返った。その瞬間の、寂しげな表情の向こうに、私は確かに何かを見た気がした。

◇

数日後、改めて彼女に話を聞くことができた。

落ち合ったのは、彼女の住まいの近くの喫茶店だった。黒のタートルネックに小豆《あずき》色のスカートという普段着姿の彼女は、華やかな装いとは一転した、庶民的な佇《たたず》まいだった。日々の倦怠の影が隠しようもなく覗く。だが、日常までを虚飾で飾り立てようとしない姿に、私の中で、これから語られる話への信憑《しんぴょう》性はより高まった気がしていた。

「まず、あなたのこれまでの人生について、教えて欲しいのですが」

アイスコーヒーを頼んだ彼女は、頷いて語り出した。

倉田佐波（仮名・二十八歳）。人口三十万人の地方都市に生まれ育ち、公立の小中学校を経て、商業高校に入学。卒業後は、工場勤務やパートの仕事を転々とし、二十一歳からは水商売をやってきたという。

相変わらず、「地図は人生そのもの」という言葉と、彼女が辿ってきた人生とは、うまく結びつかない。

「改めてお伺いしますが、あなたの心の中の地図とは、いったいどんなものなのでしょう」

口を開きかけた彼女は、まるで見えない何かに妨げられるように、動きを止めた。しばらく黙って、心の内を覗き込むようだ。語ることにためらいがあるのか、視線が一所《ひとところ》に定まらない。

「ごめんね。地図のことを家族以外に話すのって、初めてだから、何だか緊張しちゃって」

彼女の話を聞いてみる気になったのは、言葉や態度の端々に時折覗く、ためらいのせいだった。

「躊躇されるようなら、やめておきましょうか」

「ううん、大丈夫」

彼女は一つ大きく息を継ぐと、心の踏ん切りをつけるように肩を大きく上下させ、口を開いた。

「私の心の中にあるのは、ナナツコクっていう国の地図。私は母から、その地図を受け継いだの」

「地図を受け継ぐとは、あまり聞いたことがない状況ですね」

由緒正しい家系に引き継がれる家宝のように、彼女の家では地図が受け継がれているのだろうか。

「心の中だけにしかない地図を、口伝《くでん》……って言うのかな？　言葉だけで受け継ぐの」

彼女の家系では、代々女性が、記憶の中の地図を受け継いでゆくのだという。彼女の母親は離婚し、子どもは彼女一人しかいない。当然、彼女は否も応もなく、「伝統」に組み込まれざるを得なかったのだ。

「私が、母から正式に地図の受け継ぎを開始したのは、七歳の頃だったわ」

「正式に」というのには理由がある。彼女は生まれた頃から、眠りに就く前に、地図に描かれた世界「ナナツコク」について聞かされ続けたのだそうだ。

「心の地図は、いったいどれくらい前から、あなたの家に受け継がれているのでしょう？」

「それはわかんないな。何しろ、地図はもちろんのこと、その他いっさいがっさい、書き記して残すってことが禁じられているんだからね。母は祖母から、そして祖母は曽祖母から、ずっと受け継いできたみたい。私が知ってるのは、それだけ」

彼女は敢えてそっけなく言って、肩をすくめる。連綿と続く歴史を支えきれないと投げ出すようでもある。

「その地図はね、私たちがよく知ってる、紙の上に描かれた地図とは、まったく違うものなの」

「具体的に言うと、どのような違いでしょうか？」

「たとえばさ、方角って、普通だと東西南北じゃない？　でもその地図では、エミ、ナク、サン、レル、キマ、って五つの方角があるんだ」

「五つの方角……。それは、数の数え方で言う所の、十進法と十二進法のような違いでしょうか？」

たとえ五つに分かれていても、その方角がそれぞれ72度ずつ開いた正五角形であれば、「方角」として認識することは可能だろう。

「それがね、そうじゃないの。五つの方角ってのも、とっても偏っていて、エミとナクの間は、30度くらいしか開いてないし、逆にサンとレルの間は、120度も開いているの」

いびつなのは、方角だけではなかった。

「距離を測る単位は、キロとかマイルとかじゃなくって、エールとサミル。二つの単位は、地図のいろんな場所で混在して使われているの」

ある地域ではエールが使われ、すぐ隣の地区ではサミルが使われる。

「一メートルが三尺三寸であるように、エールが、0・5サミルだとか、二つの違いを標準化することはできるのでしょうか？」

「それはできないの。だから私の地図の範囲は、中心にある、おそらく城だって思われるノリドって所から、エミ方向に267エール、ナク方向に490エール、サン方向に359サミル、レル方向に184エール、キマ方向に287サミルってことになってるの」

「二つの単位の関係性がわからない以上、その地図は図面にすることはできないということになりますね」

「そうよ。だから私の心の中の地図は、図に表すことは不可能なの。もっとも、図面に落とすことは禁じられているんだけどね……」

方角と距離。それが定まれば、後は、山や海などの地形、道路や線路、そして様々な施設や土地の利用形態などが記されて、地図は完成する。ナナツコクの地図は、単位と方角だけではなく、記されるすべてが、我々の知る地図のものとは違う、未知の記号と、独特の名称の用途不明な施設が並んでいるという。

我々の知る地図とは、似ても似つかないしろものだった。

「母からの受け継ぎは、こんな風だったわ……。エナルカはノリドよりサンに向かい17エール歩きてのち、キマに向かい57サミル、のち13エール歩くべし。エナルカのザキマにはナクよりエミ方向にタス、クイトス、ホマル、エルリス、クザニの五つの通りがあり……」

彼女の地図の「読み上げ」は、記憶しているというより、再生ボタンでも押したように、よどみがなかった。

――語らぬこと、記さぬこと、自ら変えぬこと――

それが、母親から地図を伝えられると共に厳命された、「掟」だったという。

「だから、図面の形のナナツコクの地図は、一枚もないの。ぜんぶ、私の頭の中だけ」

そう言って彼女は、少し傷んだ茶髪の頭を指差す。

「語らぬこと……というのも、掟の一つなんですよね？」

私が念押ししたのは言うまでもない。今、ここで地図の秘密を漏らすことは、重大な掟違反だろう。

「まあ……そうなんだけど、もう滅びちゃった国だし、私の代で、受け継ぎも幕を下ろすことになりそうだしね。誰かに、このことを覚えておいて欲しかったんだ」

言い訳するように言って、テーブルの上の水滴を指でなぞっている。

「ナナツコクとは、あなたにとって、どんな国でしたか？」

彼女は、考え込むようにして、耳の横の髪を指にクルクルと巻き付けた。

「素敵な場所だったわ。河のせせらぎ、風のささやき、異国情緒あふれる街並み、そして人々の賑わい……。そのすべてが、私の中の地図だったの」

地図は、単なる図面でしかない。だが、人が昔の地図を眺めて懐かしい思いに駆られるのは、そこに、単なる情報だけではない、その地に生きた人々の記憶が刻まれていることを読み取ってしまうからに他ならない。

心の中に広がる地図は、彼女に、単なる「情報」以上の力で棲み付いた。ナナツコクの住民たちは、ひっそりと、それでもいきいきと、彼女の心の中で生活していたのだ。

◇

「だけどさ、そんな風に思えるようになるまでには、ずいぶんと時間がかかったんだよね」

彼女は七歳から毎日、母親からナナツコクの地図についての伝授を受け続けたのだ。

「幼い頃の私にとっては、地図の継承なんて、苦痛でしかなかったもの」

学校の勉強などで記憶しなければならないことも多い時期だ。役に立つとも思えない地図を記憶するのに多大な時間を取られることなど、苦痛以外の何ものでもなかったはずだ。

しかも、その苦労を周囲が理解してくれているならば、まだ救いはある。自分以外には誰にも語ることのできない秘伝だからこそ、苦労も憤りも、幼い心の中に抱え込まざるを得なかったのだ。

チェーン・ピープルたちは、「集団としての個」が継承されることに、自らの命が潰《つい》えた後への希望を見出した。だが、ナナツコクの地図は、彼女の人生とは何ら関わりなく心の内に存在し続ける。彼女が地図を受け継ぐことに積極的になれたはずもない。

そんな彼女の葛藤をよそに、母親からの受け継ぎは毎日続いた。

広大な一つの国の地図。通りの名称、町の名前。そこにある建物やたくさんの施設……。そのすべてを、書き記すこともなく頭の中に記憶しなければならないのだ。

「中学生の頃は、部活もできず、ただ母から、地図の伝授を受ける毎日だった……。一通りの受け継ぎが終わったら、今度は私が記憶した内容を話すの。母親の前に座って、一つでも名称や位置関係を間違えたりしようものなら、定規で膝を叩かれたものよ。だから膝はいつも痣《あざ》だらけ。先生には虐待されてるんじゃないかって疑われるし、大変だったわ」

ただでさえ、親への反抗心が芽生える時期だ。そんな年頃に、意味も分からず、役にも立たない地図の伝受に明け暮れて、素直に覚えられるはずもないだろう。

「これが格式高い名家だったりしたら、そりゃあ私も、納得できたかもしれないけどさ。だけどうちは、ご立派でもなんでもない地方の貧乏暮らし。母親は男に逃げられた母子家庭よ。そんな家が、何が代々受け継いだ地図の伝授よ。笑わせると思わない?」

「まあ……、そう思ってしまうのは仕方がないかもしれませんね」

「反抗して、家出したこともあったわ。そのたびに、母に捜し出されて、家に連れ戻されて、また地図の伝受が始まるの。それを三回繰り返して、私もようやく諦めたってわけ」

「それで、伝受に身を入れるようになったのですか」

「ええ。だけどそれは、母の言いなりになったたってわけじゃないの。口答えするより、はやく完璧に覚えて、母の束縛から逃れたかったの」

そうして彼女は、十五歳の誕生日に、ナナツコクの地図のすべての伝受を終えた。

「八年間をかけての伝受ですか……。私だったら、地図を受け継ぐという使命を放棄する気持ちに襲われそうですけれど」

受け継ぎを放棄したところで、その地図を「利用」する機会がない以上、困る者は誰もいないのだ。

彼女は首を傾げるようにしながら、アイスコーヒーのストローをクルクルと弄び、私の顔を覗き込む。

「あなたは、何百年も引き継がれた伝統を、自分の代で終わらせる勇気が持てる?」

伝統とは、時に理不尽で、容赦なく人の人生を巻き込む。彼女の地図は、たった一人が、心の奥に刻むものなだけに、その伝統の縛りはいっそう、彼女の心を抑え付けたのかもしれない。

「高校生の頃、私は少し学校で疎外されていたの。今で言う、『ボッチ』ってやつね」

「いじめられていた、ということですか?」

「って言うより、敬遠されていたんでしょうね。だって、そりゃそうよね。友達と遊んでいても、ふっと、ナナツコクの世界に入り込んじゃうことがあるんだから。いつも心ここにあらずって感じで。そんな風じゃ、友達にも見離されちゃうでしょ?」

思春期には、夢見がちな子がクラスに一人はいるものだ。だが、彼女は現実に、「夢」の世界を心に抱えていたのだ。現実と空想の狭間《はざま》で折り合いを付けられずに、友人とうまく接することができなかったのも無理からぬことだっただろう。

「その頃からだったかな……。あんなに疎ましく思ってたナナツコクの世界が、心の奥の逃避先になってしまったの。人々の幸せな暮らしを想像して、その中に自分が身を置くことを夢見ていたんだから」

決して辿り着けない場所の地図。現実世界との折り合いをつけられなかった彼女にとって、その場所は一種の理想郷のようなものとして映りはじめたのだ。心の中だけの世界だからこそ、理想郷への想いは際限なく膨らんでしまったのだろう。

「だけど、不思議だよね、地図って……」

彼女はテーブルに両肘を置いて、頬杖《ほおづえ》をついた。

「単なる情報を記しただけなのに、じっと見ていたら、そこに住む人の想いとか息遣いとか、そんなものまで聞こえてくる気がしない？」

「だから、私が古い地図を見ているのに興味を持って、声をかけられたんですね」

地図を見れば、住んでいる人がどんな暮らしをしているのかもまた見えてくる。ナナツコクの地図を心に完璧に記憶した彼女は、その分だけ、そこに暮らす人々の息吹を強く感じざるを得なかったのだろう。

彼女の心の中で、ナナツコクは次第に、愛憎半ばする場所になっていったようだ。

◇

彼女は高校を卒業し、社会人となった。

「地図を完璧に記憶してからは、後はそれを維持し続け、次の娘さんに引き継ぐことが目的になるのですね」

一度覚えてしまえば、後は忘れさえしなければいいのだ。彼女の肩の荷も、少しは下りたはずだ。

「ううん、それだけじゃないわ。ナナツコクは、常に周囲からの侵略に曝されていたの。だから、そのたびに、地図の修正が必要になってくるの」

「しかし、地図はあなたの心の中だけのものでしょう？　どうして、侵略などということが起こり得るのですか？」

記憶の中だけにある地図は、誰にも見ることはできないし、彼女が語らぬ限り、そんな地図があることを知る者もいないはずだ。第一、架空の世界の地図なのだ。「侵略」など、起こるはずもない。

「黒衣の者……って人たちがいるの」

「黒衣の者？」

「黒衣の者っていうのは、ナナツコクに災厄が訪れた時だけ、地図を受け継いだ者の元に訪れる人のことなの」

初めてその存在が彼女の元を訪れたのは、二十歳の頃だったという。

「私も、母から聞いてはいたけれど、実際に逢うのはそれが初めてだった」

「黒衣の者とは、いったい、どんな人物なのでしょうか？」

言葉のイメージからは、文字通り全身黒ずくめの、災厄をもたらす災いの神のようなおどろおどろしい姿を想像してしまう。

「実際に黒い衣を着ているってわけじゃないの。それに、特定の人物でもない。当時の私が、普通に暮らすOLだったみたいに、黒衣の者も、どこにでもいる普通の人たちだったわ」

訪れる黒衣の者は、背広姿の中年男性であったり、若い女性だったり、様々だったという。彼女が地図を継承したように、「黒衣の者」と呼ばれる人々もまた、ナナツコクの「戦い」だけを継承している者のようだった。

「忘れた頃に、黒衣の者はやって来たわ。そして、ナナツコクのどの地域で、どれだけの規模の戦いがあり、何人が戦死し、どれだけの領土が破壊され、奪われたかを克明に告げるの」

それは、激しくも静かな戦いだった。音もなく、ナナツコクは侵略に曝され、ナナツコクの民は声を上げることもなく傷つき、死んでいったのだ。

「黒衣の者の訪れによって、私が知ることができるのは、戦いの結果だけ。ナナツコクが大きく侵略されても、私は何もすることができない。ただ、頭の中の地図を描き変えることしか……」

地図を受け継ぎ、守り続けるうち、ナナツコクは彼女にとってかけがえのない場所になっていた。それなのに彼女は、ナナツコクを守るために、何もすることができなかった。

◇

そうして彼女は、時折訪れる黒衣の者に心を痛めながらも、なんら一般人と変わりのない生活を続けてきた。

「七年前、私が二十一歳の時、一人の男性が、私の元を訪ねてきたの」

ようやく辿り着いたというように、男性は疲弊しきっていて、服装もボロボロだったという。

「その男性とは？」

「彼はね、私に言ったの。自分は、ナナツコクの住人だって……」

「ナナツコクは、あなたの記憶の中だけの、架空の国だったはずですよね？」

架空の地図の中から、その世界の住人がやって来るなど、まるでファンタジーの世界そのままだ。

「ええ、だから私も、初めは彼の話をてんで信じなかったの。何か私を騙して、うまい汁を吸おうとしてるんじゃないかって……。だけど、話を聞くうちに、少しずつ考えが変わっていったわ。だって、彼の語るナナツコクの世界の様子が、私の心の中の地図と、ぴったり重なり合うんだもの」

疑っていた彼女も、彼がナナツコクの住民だと信じざるを得なくなっていったという。

「それではナナツコクとは、実際に、どこかにある場所の地図だったということでしょうか？」

「私には、そう信じるしかなかったわ。彼は、何らかの手段で、その世界から、こちらの世界へ抜け出してきたって」

実際、男性は戸籍もなく、身分を証明するものを何も持っていなかった。更に、この世界での一般常識を何も知らなかったという。

「彼はどうしてナナツコクから出てきて、あなたの元に姿を現したのでしょう？」

「彼は言ったの。ナナツコクを助けて欲しいって」

「助けるとは？」

彼女はただ、地図を記憶しているだけだ。ナナツコクに何が起ころうと、それに干渉することはできないはずだ。

「私も意味がわからなかった。だけど、その後に訪れた、黒衣の者の報告を聞いて、理由がわかったわ」

後にして思えば、それが彼女の苦悩の始まりだったのだ。

「ナナツコクに大規模な侵略があって、ナナツコクは、国土がおよそ半分にまで縮小されちゃったの」

彼女の母親や祖母が地図を受け継いでいた頃にもなかった、未曽有の規模の侵略であり、地図の大幅な改変だった。

「彼の主張はこうよ。私が地図を更新しなければ、ナナツコクは救われるって」

「しかし、黒衣の者があなたに語るのは、すでに起こってしまった事実のはずですよね。それを聞こうが聞くまいが、ナナツコクに訪れた危機は変わることがないのでは？」

「それがね、ナナツコクは、地図が先にある世界なの。だから、どんなに国土を侵略されようとも、地図が更新されなければ、その危機は起こらなかったことになるってわけ」

それもまた、彼女が受け継いだ地図の、実際の地図とは違う特殊性の一つなのだろう。それを知っていたからこそ、男性は彼女の元を訪れ、地図の更新をしないように迫ったのだ。

「実際、ナナツコクの民が、地図の継承者に接触することは厳しく禁じられていたみたいね。そりゃそうよね。タイムマシンで過去を変えようとするみたいなものじゃない？　だけど彼は、ナナツコクを統治する王族の一人だったの。自分の国が滅亡してしまうのを、ただ指をくわえて見ているわけにはいかなかったんでしょうね」

「それだけ、ナナツコク存亡の危機だったということですね」

「ええ、なりふり構ってはいられなかったみたい」

彼女の母親が地図を継承していた頃は、黒衣の者は三度しか訪れず、いずれも小規模な地図の改変にとどまっていたという。彼女の代になって、ナナツコクは激しい侵略に見舞われだしたのだ。

黒衣の者が訪れれば、地図を更新せざるを得ない。しかも黒衣の者は、毎回姿を変えてやって来る。避けることはできなかった。

「悩んだ末に私は、彼と共に、住んでいた街を離れたの。職場も連絡せずに辞めて、誰にも行き先を知らせずに、誰も私のことを知らない街へ……。いわゆる、夜逃げってやつね」

「お母さんにも連絡は取っていらっしゃらなかったのですか？」

「居場所は知らせなかったけど、数か月に一度は、電話をしていたわ。そうしなくちゃ、逃げた意味がなくなる可能性があったからね」

「それは、どういうことでしょう？」

「私が死んだってみなされちゃったら、私への受け継ぎは抹消されて、母が最終継承者に返り咲いちゃうの。そうしたら、黒衣の者の情報は、母の心の地図に上書きされてしまうわけ。そんなことをされちゃ、元も子もないでしょう？」

「あなたが生きている限りは、どんなに離れた場所にいようが、あなたが継承した地図が有効であり続ける。だから、連絡だけは取り続けたのですね」

「受け継ぎを終えた以上、いくら母がかつての継承者だからって、何も手出しをすることはできないんだからね」

そうして、彼女と、ナナツコクからやって来た男性との逃避行先での暮らしが始まったという。

「大変だったわ、一緒に暮らすのは。なんたって彼は、こっちの世界での一般常識も生活習慣も何にも知らない人だからね。それに何より、戸籍も身分証明もないわけだしね。働くことができないでしょう？　だから、私が働いて、彼を養うしかなかったの」

朝は清掃のバイト。昼は事務員、そして夜はコンビニと、三つの仕事を掛け持ちして、男性を支え続けたそうだ。

「しかし、二人でひっそりと隠れ住むだけであれば、掛け持ちしてまでお金を稼ぐ必要はなかったのでは？」

「そりゃあ、普通の生活だったらね。なにしろ彼は、ナナツコクの王族の出身だったからね。生活も質素につつましく……ってわけにはいかないじゃない？　それに、一か所に定住できないホテル住まいだったから、お金はいくらでも必要だったわけ。それで、割のいい水商売を始めるようになって……」

そうまでして、なぜ彼女は、ナナツコクの男性を守り続けたのだろうか。私の心を見透かしたように、彼女は苦笑して頷いた。

「お察しの通り、私は次第に、その男性に惹かれるようになっていたの。ずっと心の中に秘めていて、憧れ続けた世界からやって来た人なんだからね。彼を守ることは、そのまま私の心を守ることでもあったの」

「彼との生活は、いかがでしたか？」

彼女は少し考えるように、宙を見上げた。懐かしむようでも、古傷を触るようでもある。

「生活は苦しかったし、彼とは文字通り、住む世界が違ったわけだから、しょっちゅう衝突したけど……。それでも、私は幸せだった。初めて母親の束縛から逃れて、羽が生えた気分だったのかもね」

逃避行は、実に二年に及んだという。幸せだったと彼女は言うが、男性を守りつつ、生活費すべてを自ら稼ぎ出す日々は、彼女を想像以上に疲弊させていたのだろう。家を出た時から、十キロ以上も痩せていたそうだ。

「だけど、いつまでも逃げられるものじゃあないわね。警察への捜索願いも出ていたしね。私はとうとう母親に発見されて、黒衣の者に無理やり引き逢わされたの」

「それでは、ついにあなたも、地図の更新を受け入れざるを得なかったのですね」

「ううん、私は禁断の手を使ったの」

「禁断の手、とは？」

「自分の意思で、地図を改変したのよ」

地図を受け継ぐことだけに専心し、自らは絶対に改変しないことが、受け継いだ使命の一つだったはずだ。彼女はその禁を破ってまで、男性との生活を守ろうとしたのだ。

「いったい、どのような改変を？」

「ナナツコクの周囲に、塀を築いたの。誰からも侵略されない、高い、高い鉄壁の塀を」

長い間、周囲からの侵略に曝され続け、領土を削られてきたナナツコク。その歴史を根底から覆すほどの、地図の改変だった。

「それで、ナナツコクへの侵略は止まったのでしょうか？」

「ええ、ナナツコクは、どこからも攻められず、平和が保たれることになった。母も、まさか娘がそんなことをするとは思っていなかったみたいね、愕然《がくぜん》としてたわ。私はその時、いい気味だとしか思わなかったけれど」

心でつくり上げた塀であるから、彼女が「鉄壁」であると設定した以上、何者によっても突破されることはないのであろう。

「地図を改変してしまったことは、重い決断だったでしょうが、それによって、ナナツコクは守られたわけですね」

その塀は、地図の中の塀であると共に、男性との生活を誰にも邪魔させないための塀でもあったはずだ。彼女もようやく、男性との心安らかな日々を迎えることができたのだろう。

「だけど、その結果、思いもよらないことが起こったの」

思い出したくない記憶を呼び覚まされたように、彼女は顔を伏せた。

「彼が、忽然《こつぜん》と姿を消しちゃったの」

「姿を消した？」

「いなくなったってわけじゃないの。彼が私のそばにいたっていう痕跡そのものがなくなったの。ふっと、ろうそくの炎が消えてしまったみたいにね」

彼女は、目の前の炎を吹き消すような、短いため息を漏らした。

「それで私は、すっかり落ち込んじゃって……。何もする気が起きなくって、部屋にこもって長い間考えていたわ。結局私は、ただ利用されただけだったんじゃないかって」

ナナツコクが安全になったのを見計らったように、男は姿を消した。それは単純に、利用価値がなくなったから見捨てられたのだ……。彼女がそう思ったのは、無理もないことだろう。

◇

「彼が消えてしまってから、ようやく私は気付いたわけ。自分がやったことの大きさにね」

彼女は、自分の愚かさを嗤うように、自嘲気味に視線を落とす。

地図だけではない。彼女は、母親の信頼、そして長く伝えられた伝統そのものを、「破り捨てた」に等しい。失意と罪悪感を抱えたまま、彼女は実家に引き戻されたという。

「実家に戻って、お母さんは、あなたに何と言われました？」

「それが、何も言わなかったの。衰弱してしばらく入院することになった私を、ただ黙って、看病し続けたの。地図のことを、一言も非難しようともせずにね。だからこそ逆に、私は思い知らされたの、取り返しのつかないことをしてしまったって……」

「それでは、黒衣の者の情報を、地図に反映したのですね？」

彼女は、心の上にさざ波を立てまいとするように、ゆっくりと頷いた。

「しかし、塀をつくった以上、どんなに周囲から攻め込まれようと、ナナツコクは無傷のままなのでは？」

「……私は、塀を消滅させちゃったの」

敢えて平板な声で告げるのは、後ろめたさを押し隠すためだろうか。

「塀に守られて油断しきっていたナナツコクの民たちは、突然塀が失われて、武器の準備もなく、侵略者のなすがままに略奪の限りを尽くされて、死んでいったんでしょうね」

なまじ「鉄壁」の塀ができたせいで、ナナツコクの住民たちは侵略に対する備えを怠っていたのかもしれない。

「あの大地震の後、大きな津波が来た時の、ヘリコプターからの映像、覚えてる？」

彼女に話を聞いたのは、震災後の混乱がようやく収まった頃だった。

「ええ、あれは、言葉にできない壮絶な映像でした」

「ほんの百メートル下で、たくさんの人が波に呑まれ、車や家が押しつぶされているのに、何もできない。叫び声も聞こえない。私の心の中のナナツコクの侵略も、そんな感じなの」

自らが守り続けた場所が蹂躙の限りを尽くされているにもかかわらず、傍観しかできない無力感と罪悪感。それを彼女は、嫌というほど味わったことだろう。

無音の、そして無傷の「侵略」だが、それは彼女の心もまた、大きく蝕《むしば》んだはずだ。

「続けざまに三人の黒衣の者が訪れたわ。最後に、攻められていたノリドが陥落して、ナナツコクは、すべてを蹂躙され尽くしちゃったの」

飲み干したアイスコーヒーの氷が、小さな音を立てて崩れた。

「もちろん、地図に私の感情を落とし込んではいけないんだから、塀をなくしたのは当然だけど……」

彼女は唇を尖《とが》らせるようにして、少し言いよどむ。段階的に塀を撤去していって、住民に注意を喚起することもできたはずだ。だが彼女は、塀を一瞬で消し去ってしまった。

「やっぱり、急に姿を消してしまった彼への、愛情の裏返しの憎しみがあったのは確かよね。私はそこでも、地図に感情を落とし込んでしまったんだね」

「男性は、その後、あなたの前に姿を見せましたか?」

彼女はゆっくりと首を振る。

「あれ以来、彼が姿を見せることは二度となかったわ。きっと、ナナツコクと運命を共にしたんでしょうね」

心の中の地図は、二度と修復できない綻《ほころ》びが生じた。彼女はその亀裂を封じるように、そっと胸をおさえた。

◇

「ナナツコクが滅亡して、私は改めて考えてみたの。彼が私の元から消えてしまったわけを」

部屋に閉じこもって、長い間自問自答した上で辿り着いた結論だったという。

「塀に囲まれて、ナナツコクが侵略されなくなった時点で、彼は、こちらの世界に来ることができなくなったんじゃないかって」

「どういうことでしょう？」

「私が心の中につくったのは、誰も寄せ付けない巨大で高い塀なの。架空の世界だっていっても、そんな塀が即席で出来上がるはずがないでしょう？　だから、塀は何百年も前から、そこにあったことになってしまったってわけ。つまり、ナナツコクは何百年も前から侵略とは無縁だったことになってしまったの。だからこそ、彼の人生はリセットされ、最初から、私の元に来る必要がなくなってしまった……。そういうことなんじゃないのかな？」

「タイムパラドックスのような状況ですね」

運命による決定を阻止すべく、未来からやって来たタイムトラベラーは、首尾良く過去を変えてしまえば、その「改変された過去」から派生した未来では、「過去に戻る」という選択をする必要性が生じなくなる。それと同じような状況に、男性は陥ったのかもしれない。

ナナツコクは塀によって守られた。だが、それによって彼女は、最も守りたかった男性を永遠に遠ざけることになってしまった。

「だけど、そのことに気付いた時には、もう遅かったわ」

彼女が指先で弄んでいたテーブルの水滴は乾き、水染《し》みだけが残っていた。

「喪失感ってさ、今まであったものが、なくなったことで生じるものじゃない？」

「そうですね」

「ナナツコクの地図は、私の心の中だけにあったの。失われたとしても、本当になくなったものなんて何もない。それなのに、この喪失感は、いったい何なんだろうね」

途方に暮れたように、彼女は首を振った。

記憶の中だけにあった世界。それはいったい、誰のために伝えられてきたのだろう？

あたかも、遠く宇宙の果ての、まだ見ぬ「存在」に出逢う時を夢見て、メッセージを送るべく打ち上げられた宇宙船のようだ。届くかどうかも分からないメッセージは、彼女の心の中に受け継がれた地図にも似ている。

「祈りを捧げる場所も、心の中だけにしかないんだけどね」

心の中の「ナナツコク」に花束を手向《たむ》けるように、彼女はそっと手を合わせた。

◇

彼女は腕時計を見て、慌てて立ち上がった。

「ごめんなさい、ちょっと、行かなきゃならないところがあるから」

彼女の向かう先は、駅への道の半ばだというので、私も一緒に喫茶店を出た。

「今日、話したことにも関係あるし、せっかくだから、ついてくる?」

謎めいた微笑みを浮かべて彼女が向かった先は、保育園だった。名前を呼ぶと、園庭で遊んでいた一人の女の子が、彼女の胸に飛び込んできた。

「お母さん、この人はだぁれ?」

無邪気に問いかけて、女の子は私に純真な眼を向ける。

「娘さんは、今、おいくつですか?」

「もうすぐ五歳になります」

「五歳……」

私は絶句した。彼女は、私の心を推し量ったように頷いた。

「お察しの通り。この子は、私と彼の間に生まれた子なの」

ナナツコクから隔てを越えて現れた男性と、彼女は恋仲になり、子どもまで宿していたのだ。

逃避行後に彼女が入院したのも、衰弱によって流産の危険性があったからだったという。

「彼は、地図に塀をつくったと同時に消えてしまったから、この子の存在だけが、彼が私のそばにいたっていう、たった一つの証なの」

女の子は、父と母の数奇な運命の元での出逢いも別れも知らず、母親にじゃれついている。

「娘さんには、ナナツコクの地図を、語り継ぐつもりですか？」

首を振る彼女は、薄く笑みを浮かべる。それは寂しげでもあり、安堵しているようにも思える。

「すでに存在しない場所の地図を、語り継ぐことはできないでしょう？　私の心の中だけにあったナナツコクは、もう失われてしまったんだもの」

猫を見つけて駆け寄る娘の姿に、彼女は眼を細めた。猫は塀の上に身軽に跳び乗り、手を伸ばす娘など眼中にないように毛繕いしている。

「もしかすると彼は、地図から失われることで消滅するナナツコクの子孫を残すために、私の元を訪れたのかもしれないな」

地図は受け継がれない。だが、ナナツコクがかつて存在したという証は、彼女の娘自身にある。

「ナナツコクは、もうなくなったの。私の心に広がっているのは、かつてナナツコクがあったって記憶だけ。そんな場所を、受け継ぐ意味もないし、語り継ぐ必要もないもの。あの子には、私みたいな苦しみは味わわせない」

きっぱりと宣言するのは、ナナツコクを滅ぼしてしまったことへの後ろめたさの裏返しかもしれない。

地図は、人の心の機微までは描き出さない。だが、彼女の地図は、心の中にしかない。心の葛藤が風雨となって降り注げば、地図もまた揺れる。心の中だけに広がる広大な世界は封印され、ただ、無人の建物を揺らす風だけが、今日も吹きすさんでいるのだろう。

それはまさに、風化することのない廃墟だ。

彼女は願うかもしれない。いっそ風化して、心から消え去ってくれれば、どんなにいいだろうと。今も彼女の心の中には、ありありと、往時のナナツコクの姿が刻まれているはずだ。それが蘇《よみがえ》ることは、二度とない。

「だけどね、少しだけ、希望があるんだ」

彼女は娘を抱き上げ、表情に明るさを取り戻す。

「希望……ですか？」

「まだ、『マ』が残ってるの」

「『マ』とは、何でしょうか？」

「何て言うんだろう？　ナナツコクがナナツコクであるって証みたいなもの。ノリドの奥深くに封印されているの。黒衣の者は何度も訪れて、ナナツコクは蹂躙され尽くしちゃったけど、不思議に『マ』だけは無傷なままなの。それがある限りは、ナナツコクは何度でも蘇ることができるんですもの」

彼女にとってそれは、廃墟の風が吹きすさぶ中で、消えかかりつつも残る、たった一つの灯のようなものだろう。

「国が滅んだっていっても、すべての民が皆殺しにされてしまったわけじゃないはずよ。必ず、どこかに逃げ込んで、生き延びた人たちがいるはず。きっと彼なら……」

彼女は、自分に言い聞かせるように、何度も頷いた。もう、ナナツコクが失われて、五年もの歳月が経っているというのに。

「もし、彼が再び姿を現すことがあったら、どうしますか？」

「彼が侵略から生き延びて、そして再び、私の元に戻って来ることができたら。その時は……」

彼女はかすかな希望をつなぎ止めるように、娘の手を強く握り締めた。

◇

ここまでの執筆を終えて、私は原稿をチェックしてもらうために、彼女の携帯電話に連絡を取った。

電話は解約されていた。メールをしても返事がない。

名刺をもらっていたので、彼女の勤める店に電話をすると、彼女は店を辞めたとのことだった。その口ぶりからすると、無断欠勤が続いて連絡が取れず、解雇扱いにするしかなかったというニュアンスであった。

風のように彼女は消えてしまった。まるで彼女が、地図の侵略を妨げるために、ナナツコクの男性と逃げた時のように。

もしかすると彼女は、望み通り、再びナナツコクの男性と巡り合ったのかもしれない。そして今度こそ、娘と三人での「幸せ」を誰にも邪魔されないために、二度と見つからない場所へ逃避行したのでは。

だとしたら、彼女にとっては再び苦労を背負い込むことにはなるだろうが、望んでいた結末だったのではないか。もはやナナツコクが滅んでしまった以上、黒衣の者によって親子三人の関係が引き裂かれることもなく、心穏やかに暮らせるはずだった。

だが、私の心には、何かが引っ掛かっていた。突然理由なく地図から消えてしまった町のように、存在しないことが、心に何かを訴えかける。

私は彼女が働いていた店に何度か通い、彼女と仲の良かった同僚から、母親の所在を突き止めることができた。彼女の母親は、地方都市の繁華街で、小さな店を開いていた。彼女に地図を受け継がせた母親ならば、彼女の消息につながる何かを知っているかもしれなかった。


辿り着いた先は、雑居ビルの五階の、飲み屋や雀荘、怪しげなマッサージ店などがひしめいている一画だった。母親はそこで、カラオケバーを営んでいた。

店を訪れると、早い時間だったこともあって、客は私一人だった。

「見ない顔だね。この店は初めてかい？」

酒焼けした声で、母親は私に気だるく尋ねてくる。

「娘さんのことで、お伺いしたんですが……」

「はあ？　あんた、あの子に何の用だい？」

警戒するように、鋭い言葉が私に向けられた。

「あの子は、姿を消しちまったよ」

彼女は、吐き捨てるように言った。

「行き先はわからないのですか？」

「さあね。またどうせ、下らない男に引っかかって、騙されてどこかに逃げ暮らしてるんだろうさ」

腹立たしさをそのままに、乱暴に水割りをかき混ぜる。ウイスキーがこぼれて、水滴がカウンターに飛び散った。

「前の時もそうだよ。ヒモみたいな男に入れ揚げちまって……。男が借金で首が回らなくなって一緒に逃げてたもんだから、朝から晩まで働かされて。ボロボロになって帰って来たくせに。よくもまあ、凝りもせずに……」

私は呆然《ぼうぜん》としてしまった。彼女が語ったものとはまったく違う人生が、母親の口から吐き出されたのだ。

「彼女は、心の中の地図のことを私に語ってくれたんですが」

「心の地図だって？　何だいそりゃ？」

母親は、いかがわしいことでも聞いたように眉をひそめる。私は彼女から聞いていたナナツコクのこと、母親からの受け継ぎの話、ナナツコクから来た男や黒衣の者について、かいつまんで話す。

一通り話を聞き終えると、母親は大きくため息をついて、天を仰いだ。

「まだあの子は、そんな寝言みたいなことを言っていたんだね」

長年悩まされ続けた病ででもあるかのように、母親は大げさに首を振った。

「あの子は昔っからそうだったさ。うちが母子家庭で、あたしが厳しく育て過ぎたもんだから、反発してすっかり言うことを聞かなくなっちまったんだよ……。大人になって、ようやくきちんと暮らしだしたと思ったら、どうしようもない男に騙されちまってね。最近は、落ち着いたと思ってたんだけどねえ……」

つくづく疲れたというように肩を落とす。

「それでは、彼女の心の中に広がる地図とは、すべて出鱈目《でたらめ》だと？」

「当たり前じゃないか。ばかばかしい」

彼女は、娘の心に巣くう忌まわしい影に唾棄するようだった。

「きっとあの子はね、自分の人生がうまくいかなかったことを、自分自身に納得させたかったんだろうさ」

母親は、彼女の心の地図を、満たされなかった人生の代償行為として捉えているようだ。母親の言葉が本当であると仮定して、彼女の「夢想」を現実に当てはめてみる。

ナナツコクの男とは、単に彼女が入れ揚げていた、あまり素性の良くない男性だったのではないか。その交際が、母親からも友人からも反対されるものだったからこそ、彼女は、違う世界からやって来た男という幻想を自らの心に構築することで、「決して結ばれない関係」を自身の中で正当化していたのでは？

だとしたら、「黒衣の者」とは、単に男の元に訪れる借金取りや、良からぬ筋の関係者だったのだろう。男は追っ手すべてから逃れるために、身分を失ってでも逃走するしかなかった。潜伏先で、彼女は隠れ住む男を支えるために、昼も夜も働き続けたのだ。

そして、男が急に姿を消したのは、おそらく潜伏先で何らかの大きな罪を犯してしまい、刑務所に収監されてしまったということだろう。彼女がナナツコクに張り巡らせた塀とは、文字通り、男と自分を引き裂く「高い塀」だったのだろう。

そして時が経ち、彼はようやく罪を償って出所した。未練を断ち切れていなかった彼女は彼とよりを戻し、再び姿を消した。

そう考えると、彼女の「夢想」の辻褄が、すべて合ってくる。

「いいかい、あんた。あの子の言うことなんか、一言も信じちゃ駄目だよ。あの子の口から出る言葉は全部嘘なんだから。それを自分に信じ込ませちまう子なんだからね」

「……わかりました」

そう言わざるを得なかった。ようやく心を落ち着かせたらしい彼女は、カウンターを布巾で拭う。ウイスキーの水滴はすぐに消え去った。

「あんた。それが仕事なのかもしれないけど、人の心の中なんて、不用意に覗くもんじゃないよ。どんな世界が広がってるかなんて、わかったもんじゃないからね」

訪れる客の本音と建て前、嘘と虚勢とを、このカウンターで嚙み分けてきた彼女だ。釘を刺すその言葉は、私にそれ以上の深入りをさせなかった。

「心の中の地図ねえ……」

母親はグラスを磨きながら、誰にともなく呟いた。

「あなたの心にも、そんな地図はありましたか？」

少し考えるように、グラスを磨く手が止まった。

「まあ、あたしも、いろいろあったからね。ダンナと離婚せずに暮らしてりゃ、借金の肩代わりなんかしなけりゃ、騙されなんかしなきゃ……。違う風に進んだ人生を想像することはあるさ。それを理想の地図だって言うんなら、誰だって、心の中には多かれ少なかれ、空想の地図が広がってるものなのかもしれないね」

曇りを確かめるように、彼女は天井の古びたシャンデリアに、グラスを透かした。

◇

「それでは、失礼します」

常連らしい客の来店を見計らって、私は席を立った。母親は、エレベーターの前まで見送りに出てくれた。

「それにしたって、あの子はどうして、あんなことを……」

誰にともなく、小さく呟く。見離しつつも、切り捨てることができない、娘への複雑な心情を覗かせる。

エレベーターの階数表示の光を見つめるその瞳は、この現実とはまったく違う別の世界を見ているように虚ろだった。それは、彼女の娘が会話の合間に垣間見せた眼差しと、奇妙に似通っていた。

「そういえば、彼女は最後に会った時、こんなことを言っていましたよ。ナナツコクが滅びてしまったので、ノリドにある『マ』も、守る意味がないから捨ててしまったと……」

会話の続きのように、さりげなく、そう言ってみる。

「あの子がそんなこと、するはずないでしょう！　馬鹿にしないで！」

母親は途端に気色《けしき》ばんで詰め寄った。だが、私の表情を見てすぐに顔色を変え、やって来たエレベーターに私を押し込んだ。

彼女は背を向けて足早に店へと去り、エレベーターの扉が閉まった。


――語らぬこと、記さぬこと、自ら変えぬこと――


それが、ナナツコクの地図を受け継ぐ者に定められた掟だった。

もちろん、彼女が私にナナツコクについて語ったこと自体が、禁じられた行為だ。それを取り繕うために、母親が、娘を単なる夢想家だと言い張って、秘密を守ろうとしているのだとも考えられる。

彼女と母親の言葉、どちらを信じるか。私はまだ、判断ができずにいる。

一つだけ言えるのは、人はそれぞれ、心の中に何らかの地図を持っているということだろう。それは果たし得なかった夢の名残りであり、いつか辿り着きたい理想の深遠でもある。

心の地図を描き変えた彼女は、自らの心の世界へと旅立って行った。少なくとも、彼女の中に、その地図は確かに存在したのだろう。

現実の世界よりも、ずっとリアルに。

ぬまっチ

――裸の道化師――

休日の、首都圏近郊都市の生涯学習フェスティバル。

地域住民が家族や友人たちに一年間の学習の成果を発表すべく集い、来場者たちはバザーや体験コーナーに繰り出している。はっきり言って、そこまでの集客が望めるイベントではない。だが会場は、大勢の人々で賑わっていた。

午後二時が近づくと、人々は展示などそっちのけで、屋外のステージへと足を向けた。

ステージ上では、華やかで賑やかな「物体」がうごめいていた。

ある者は、リンゴを模した形に、なぜか魚の尾びれと背びれが揺れている。またある者は馬を擬人化した姿で、刀を持って暴れ回る。かと思えば、ネギをかたどったひょろ長い姿が、ぴょんぴょんと飛び跳ねている。

「さあ、皆さんお待ちかね、全国のゆるキャラ大集合で〜す！」

司会のお姉さんの台詞《せりふ》は子ども向けのものではあったが、喜んでカメラやスマートフォンを構えるのは、むしろ大人ばかりだ。今や、B級グルメと共にすっかり市民権を得た、「ゆるキャラ」たちだ。来場客の多くも、お目当ては「彼ら」だったようで、アイドル歌手のコンサートさながらにステージに殺到するファンを、警備員が押し戻している。

「ゆるキャラ界一のメタボ体型、大きなたまごの船に乗った、赤いひよこさん。からっぴで〜

す！」

司会のお姉さんに紹介されて、ある者は可愛らしく、またある者は小憎らしく、はたまたいたずらっぽく決めポーズを取る。そのたびに、歓声が沸き上がった。

多くのゆるキャラたちが愛嬌《あいきょう》を振りまく中に、一人だけ、着ぐるみを被っていない中年男性が混じっていた。チェックのネルシャツの上にトレーナーを着込んだ、いかにも「休日のお父さん」といった普段着姿で、手持無沙汰な風に立っている。

司会者や関係者らしく振る舞うでもなく、部外者が紛れ込んだのかと思えるほどだ。彼は周囲の大仰な身振りのゆるキャラたちを皮肉そうに横目で見やっては、やる気なさげな態度であくびを噛み殺している。

「皆さんお馴染《なじ》み、もはや説明の必要なし。存在感ナンバーワンの、ぬまっチで〜す！」

そう紹介されて巻き起こったのは、歓声には違いないのだが、そこには含み笑いや揶揄が多分に含まれていた。

「ぬまっチ」と呼ばれて、反応を示した着ぐるみはいなかった。ただ、ステージ上の中年男性だけが、観客にむけて手を振った。ゆるキャラらしい可愛らしさも、オーバーアクションもない。仕事は仕事と割り切ったような、おざなりな態度で。

「こんにちは〜っチ。ぬまっチで〜すっチ！」

態度とは裏腹に、声だけはゆるキャラっぽく甲高く張り上げる。取って付けたように語尾に「〜っチ」を付けることでかろうじて、自分がつくられた「キャラクター」の一員であることを主張する。

それでも観客は、「ぬまっチ〜！」と声援を送り、中年男性の姿に手を振っている。

「彼」の名は「ぬまっチ」。

「彼」は、沼取市に生まれた「ゆるキャラ」だ。

沼取市は人口五十万人の地方都市だ。市街地の港湾部に工場が集積し、山際の大地には農業が発達する。旧街道沿いということで交通の要所でもあり、商業も発達している、農工商のバランスのとれた都市だった。私鉄の特急でその地方の中核都市まで三十分のベッドタウンという位置付けもある。

そんな市の、「彼」は非公認のゆるキャラである。

「こんな、名前も知らないど田舎に連れて来られて、ぬまっチは迷惑しているっチ。早く帰りたいっチ」

「ゆるキャラ」らしくない身もふたもない発言をして、司会のお姉さんを慌てさせるが、ぬまっチを名乗る男性は平気な顔だ。観客たちも、ネガティブ発言を待ち構えていたように笑っている。

◇

フェスティバルを終え、私は関係者控室の前で、ぬまっチを待っていた。

どの団体も、大きな荷物を厳重に布などで包んで、人目をはばかるように撤収していった。さつきまで舞台で元気に飛び跳ねていたゆるキャラが、魂を抜かれて「着ぐるみ」として運ばれている様を見せるわけにはいかないからだろう。

そんな中、小さなカバン一つの男性が、関係者用の出口から一人で出てきた。

「神崎さんですね？」

私はそう声をかけて、男に近づいた。「ぬまっチ」として舞台に立っていた、あの中年男性だ。

「ええ、そうですよ」

彼は飄々《ひょうひょう》と言って、私を見返す。舞台で見せた皮肉を込めた眼差しは、影を潜めていた。

「関係者控室から出てこられましたね。神崎さんは、関係者なんですか？　もしかして、ぬまっチの？」

彼は控室の扉を振り返り、「いやぁ」と恥ずかしそうに首を振った。

「私はぬまっチの『追っかけ』でしてね。今日も特別にお願いして、舞台裏に招待してもらったというわけなんですよ」

あくまで、「ぬまっチ」の熱狂的ファンであって、ぬまっチの行く所には必ず応援に赴くという体で、彼は話す。それが、ぬまっチではない時の「神崎氏」としての言動であることは、ネットの情報から得ていた。私もその「設定」に従って、彼から話を聞き出す心積もりだ。

「今日、ぬまっチはこれから、映画の完成記念試写会に呼ばれているんですよね。神崎さんはどうされるんですか？」

「もちろん、ファンとして見逃すわけにはいきません。私も今から向かうつもりです」

タクシーで向かうという神崎氏に同行させてもらうことにした。

道中ではもちろん、「大ファン」であるというぬまっチの話で盛り上がる……かと思いきや、彼は物静かに窓外の風景を眺めるばかりで、私が水を向けても当たり障りのない答えしか口にしない。舞台上の皮肉な態度とも、甲高い声で突拍子もないことを言いだす奇矯な振る舞いとも、結び付かなかった。

試写会の会場に到着すると、彼は一般観客席ではなく、関係者用の裏口へと向かおうとした。

「それでは、ここからは別行動で」

「せっかくだから、一緒にぬまっチを応援しませんか？」

意地悪く水を向けてみると、彼はこれだけは譲れないというように、首を振った。

「私にとって、ぬまっチの応援は、神聖で特別なものなのです。他の人に邪魔されたくはないんですよ」

申し訳なさそうに言って、彼は私にお辞儀をすると、裏口から関係者控室へと向かった。もちろん、「本番前のぬまっチを励ましてきますね」という言い訳を添えながらだ。

試写会は滞りなく終了し、監督や出演者と共に、ぬまっチがステージに登場した。もちろん観客席に、神崎氏の姿はない。彼はステージ上にいる。相変わらず、自分が見られていることを考慮しない、皮肉な表情を浮かべたままだ。

「それではぬまっチ。映画を観た感想をお願いします」

映画の完成試写会のゲストであるから、ぬまっチに求められているのはもちろん、映画を無条件に賞賛する台詞だろう。

「始まって二秒で涙が出てきたっチ。それからずーっと、終わりまで泣いていたっチ。近年まれにみる、感動大作だったたっチ」

ほとんど棒読みで「お役目」を果たしながら、彼はあくびを嚙み殺し、滲んだ涙を拭った。

「最愛の人が不治の病で亡くなる」という、映画のお涙頂戴《ちょうだい》ぶりを暗に揶揄しているのだろう。

ＰＲのために呼ばれたとは思えない皮肉っぷりだが、監督は苦笑いを浮かべ、主演女優は、「もう、ぬまっチめ！」と、拳を振り上げて怒ったふりをする。そんな態度もまた、ぬまっチの「キャラ」としてすっかり定着してしまっている。

◇

我々がゆるキャラを楽しむにあたっては、守らなければならない不文律が存在する。

――「中の人」などいない――

誰もが「中の人」がいることを知っている。だが、それを大っぴらに言うことは無粋だし、夢を奪ってしまう。そんな理由で、着ぐるみの「皮」の下には必ずいるのに、「いないこと」にされている存在。それが、「中の人」である。

ところがぬまっチの場合、「中の人」を隠すべき「着ぐるみ」を着ていないのであるから、「中の人」は丸見えである。ぬまっチはテレビにもたびたび出演している。着ぐるみが見えない以上、「中の人」である神崎氏の顔はあからさまになっているし、誰もが知っている。

だが彼は、自分が「中の人」であることを、頑として認めようとしない。

「ぬまっチの『中の人』ですよね？」

テレビ出演する際も、司会者のそんな質問から、お決まりのやり取りが始まる。

「中の人って、なんですかっチ？」

声はゆるキャラらしく甲高く取り繕ってはいるが、彼は極めて無表情だ。「着ぐるみ」の中にいる以上、彼自身の姿は見えていないのであるから、どんな表情でも構わないと思っているようだ。とはいえ、その着ぐるみが誰にも見えない以上、神崎氏の仏頂面は、見ないふりをしようと思っても、嫌でも目に入る。

彼は無表情を貫いたまま、甲高い声で反論する。

「ゆるキャラに、『中の人』なんか、いるはずがないじゃないですかっチ。それとも、世の中のゆるキャラは、みぃんな中に人が入っているって言うんですかっチ？」

その「錦《にしき》の御旗《みはた》」を出されると、司会者も苦笑して、話題を変えざるを得ない。子どもたちの夢を壊すわけにはいかなかった。

森羅万象すべてのものに神々が宿るという「八百万《やおよろず》の神々」という意識は、この国ならではのものだ。「針供養」など、日頃自分が世話になっている道具に対してすら、「命」を感じるという感覚も考え合わせると、ゆるキャラ的な「擬人化」が馴染む土壌は、大昔からあったということだろう。

文楽の人形を後ろで操っている黒子《くろこ》は、見えているのにいないものとして扱われる。ゆるキャラの「中の人」もまた同様だ。我々には、「ゆるキャラ」というものに親しむ下地が、もともと備わっていたと言えるだろう。

だが、ぬまっチの存在は、「擬人化」と「黒子」という、ゆるキャラが成立するための前提条件を、ことごとく否定している。

ゆるキャラは、本来いるはずの「中の人」を、いないと言い張ることによって、見る者と演じる者、お互いの中に「これはそういうものなんだ」という暗黙の了解が生まれる。

それができるのならば、ぬまっチが、無いはずの着ぐるみを、「ある」と言い張ることもできるはずだ。ぬまっチをおかしいと追及することは、すべてのゆるキャラにとって、諸刃《もろは》の剣《つるぎ》であった。

それでは、本来のぬまっチは、いったいどんな姿をしている「設定」なのであろうか？　「熱狂的ファン」としての神崎氏は、ぬまっチの形状や言動について、一切言及しようとしない。

「見たらわかるでしょう」

「あの姿がすべてですよ」

すなわち、ぬまっチを、どう「認識」すべきかは、すべて我々見る者に委《ゆだ》ねられているのだ。

ネット上では、ぬまっチのファンたちが、自分の想像するぬまっチの姿をイラストにして公開している。「沼」からのイメージなのか、カッパの姿をしているものもあれば、沼取市の特産のイチゴと梨を組み合わせたものもある。

そのいずれも、神崎氏もぬまっチも、否定も肯定もしていない。

小さな寺院の庭園の中に大海や深山幽谷の風景を見立てて楽しむように、姿を思いのままに「見立てる」のも、ぬまっチならではの楽しみ方だと言えるだろう。

もちろん、存在しないものを「見せる」技術を持った者もいるし、それをわかった上で観客が楽しむという形のパフォーマンスも数多い。代表的なものは、パントマイムだろう。

空中の何にもない場所に掌を押し当て、あたかもそこに壁があるように思い込ませるパントマイムは、見ているうちに、本当にそこに透明な壁があるように思えてくる。

その意味ではぬまっチも、存在しない着ぐるみをあるように見せるパフォーマンスだと言えなくもない。

だが神崎氏は、ぬまっチの着ぐるみがそこにあるということを見る者に信じ込ませ、錯覚させるための努力を、何らやっていない。

ネット上にアップされた映像を検証してみる。ぬまっチが、小さな扉を開けて登場するシーンがあった。本来ならば、神崎氏の頭には、「着ぐるみの頭」が被さっているはずだ。扉を出入りする際には、彼は少し屈《かが》まなければならない。

だが彼は、何の躊躇もなく、腰を屈めもせずに扉をくぐった。扉との隙間《すきま》はわずかだ。どんなに薄っぺらな被り物でも引っかかってしまうだろう。

彼は、着ぐるみを着ているということを、見ている者に認識させるような動作をすることはない。彼のパフォーマンスによって、彼の周りに、着ぐるみの存在を「錯覚」できる者はいないだろう。

ぬまっチが世に出て、三年の月日が経とうとしている。だが彼は一向に、「着ぐるみパフォーマンス」を上達させる気配がない。敢えてパフォーマンスが「うまくなる」ことを避けているようでもあった。

彼は何の意図を持って、「ぬまっチ」としての活動を続けているのだろうか。

◇

ぬまっチが、テレビの対談番組に出演したことがある。

辛辣《しんらつ》な質問もずけずけと突き付ける女性司会者は、お笑い芸人などからは、すべてのギャグが空回りさせられてしまうと恐れられていた。もちろん、ぬまっチの置かれた微妙な立ち位置に配慮して、追及を緩めるような人物ではない。開口一番、話題はタブーへと切り込まれた。

「あなたは、ぬまっチというゆるキャラの、中の人、なんですよね？」

「ぬまっチはぬまっチですっチ。中の人なんかいませんよっチ」

「でも私には、中年男性の姿しか見えないいんですけど？」

「ナルシストじゃないから、人にどう見られるかなんて、興味はありませんよっチ」

その言葉通り、「中の人」神崎さんは、人に見られることを考慮しない無表情さで、司会者でもカメラでもない、スタジオの片隅にぼんやりとした視線を向けていた。

「神崎さんというのは？」

「私の大ファンの人ですねっチ。よく楽屋まで来て、応援してくれてるっチ」

「神崎さんって方とね、今のあなた、そっくりらしいの。もしかしたら、同じ人なんじゃないでしょうか？」

写真を拡大したパネルが出される。一つは、ぬまっチとしてステージに立っている姿。もう一つは、応援のために控室を訪れた「神崎さん」としての姿。服装も顔も、まったく同じだった。

それでも神崎氏は、動揺を寄せ付けない。

「犬は飼い主に似るって聞いたことがあるっチ。きっと神崎さんも、ぬまっチが好き過ぎて、顔が似てきたっチ」

悪びれもせず、そう言ってのける。

動じる様子を見せないからか、追及の矛先は、今度はぬまっチの「ゆるキャラ」という位置付け自体に向かった。

「ゆるキャラって普通は、出身地を応援したり、特産品をＰＲするものでしょう？　ぬまっチさんは、出身の沼取市のＰＲもしないし、こないだは沼取市特産のイチゴを子どもに投げ付けてましたよね？　悪口ばっかりでみんなを癒しも楽しませもしない。いったい何のためのゆるキャラなんですか？」

　存在自体を否定されて、むっとするかと思いきや、ぬまっチはいつもの皮肉な笑みを浮かべた。

「ゆるキャラは、生まれた場所をPRしなくっちゃならないっチか？」

「当然でしょう？　そのためにゆるキャラは生み出されたんですから」

「ゆるキャラは、誰かに命じられたままに、生きなくっちゃいけないっチか？　自分の運命を自分の手で切り開く権利はないっチか？」

　司会者の得意の早口を凌駕《りょうが》する立て板に水ぶりで、ぬまっチは畳みかけていった。

「運命には従わなきゃ仕方がないっチか……。貧しい国に生まれた子どもは貧しいままで教育を受けることも医者にかかることもできずに死んでゆく運命っチだし、ゆるキャラはゆるキャラのまま、人に命じられたことしかしちゃいけない運命っチか……」

　司会者は、いつしか青ざめていた。途上国の支援にも積極的に取り組んでいる彼女だ。ぬまっチに「運命論」を突き付けることは、そのまま自分の活動の否定につながる。気楽につついた藪《やぶ》には、とんでもない蛇《へび》が潜んでいたかもしれないのだ。

「年収数億円のくせに庶民の味方を気取る司会者もいれば、ヒット曲もないのに歌謡祭に毎年出ている歌手もいるっチ。地元の応援をしないぬまっチみたいなゆるキャラがいても、問題ないっチ」

　司会者は、ひきつった笑顔で頷き、取って付けたように話題を変えた。その後も、どこまで行っても嚙み合わない、シュールな会話が延々と続き、伝説の回となっている。

◇

「困ったことですね」

男は重厚な応接ソファで脚を組む。仕立ての良いスーツと、一点の曇りもなく磨かれた靴。海外でビジネススキルを培った者ならではの洗練された仕草。その存在すべてで、やり手であることを知らしめるようであった。

彼は沼取市長の朝倉氏だ。地方首長では「若手」とも言われる四十代半ばの市長は、五分だけという約束で対面した私の取材意図を聞いた途端、不機嫌そうに言い放った。

「あんなキャラに、あたかも沼取市の代表のようにテレビに出られては困るんですよ。どんな問題発言をしないとも限らないし、結局その尻拭いを市がさせられることになる。早く消えて欲しいものです。まあ、個人が好きでやっていることですから、市としては規制はできませんがね」

「しかし、ここまで人気が出てしまった以上、メディアは放っておかないでしょうし……。いっそのこと、ぬまっチを市の公認ゆるキャラにしてしまってはどうですか?」

「そんなことができるとお思いですか?」

市長は、私の意見を寄せ付けたくもないのだろう。忌々しそうに首を振った。

「とにかく、あんな輩《やから》にこれ以上、注目しないようにお願いしますよ。マスコミが面白半分で取り上げるから、あいつが増長するんですからね。市とは無関係だということを、くれぐれも書いておいてください。いいですね」

そう念押しして、五分を待たずに市長は立ち上がり、次のアポイントへと向かった。代わりに応対してくれたのは総務部長だ。

「さきほど、市長にされた質問への回答を、私の方からさせていただきます。もちろん、ぬまっチを公認化できるかどうかを、市として検討したことはあります」

「それは、市長からの命令で？」

「いえ、万が一のことを考えてシミュレーションしておくことも、仕事のうちですから」

市として、ぬまっチ側の事務所（＝神崎さんの自宅）に連絡を取り、ぬまっチの活動に必要な費用を計上してもらったのだという。

彼の上げてきた見積書には、「着ぐるみ」の補修費用や、輸送費なども含まれていたという。彼が、「着ぐるみ」が「ある」と言い張っている以上、そうした経費は当然かかってくるはずだ。

その代わり、「中の人」のパフォーマンス料は、一切計上されないのだという。これも「中の人などいない」という彼の主張そのままだ。

「ゆるキャラ、というものを純粋に突き詰めれば、ぬまっチ側の主張はもっともなんですよ。ですが、我々は予算を申請し、議会の承認を得なければなりませんからね。市役所としては、存在しない『着ぐるみ』について、補修や輸送の経費を請求されても支払うことはできませんし、逆に、働いているはずの『中の人』を、いないものとして、人件費を支払わないわけにもいかない……。どうしようもありませんね」

そう言って肩をすくめるものの、総務部長は、事態を面白がっているようでもあった。

「どうやら部長さんは、ぬまっチに対して、市長とは違う感情をお持ちのようですね」

私がそう言うと、彼は羽目を外し過ぎたというように、慌てて真顔に戻る。

「もちろん、市長としての立場からはああ言うしかありませんし、それは市としての公式見解も同じです」

「それでは、個人的には、ぬまっチをどう思われていますか？」

総務部長は、公僕と個人の狭間で心を揺らすように、腕組みをして何度も首を傾げる。

「まあ、ぬまっチのおかげで、今まで場所すら知られていなかったこの市が注目されたというのは紛れもない事実です。その点では感謝せざるを得ませんね」

私自身も、沼取市の位置などうろ覚えであったのに、今では市の名産品まで頭にインプットさせられている。ぬまっチを毛嫌いする市長だが、彼が知名度を全国区に広げたのも、ぬまっチの件でたびたびマスコミの取材を受けたことに起因している。そう考えると、皮肉なものだ。

「とはいえ、万が一、公認化されたとしても、難しい問題がありますね」

「と言うと？」

「たとえば、地元の名産のイチゴのサブレに、『ぬまっチサブレ』と名付けたとしましょう。当然、そのキャラクターの姿をパッケージにプリントして、アピールするわけですが……」

「ぬまっチの姿をプリントしようと思っても……。ということですね」

部長は、苦笑しながら頷いた。ただの中年男性の姿をパッケージにしたところで、販売促進につながるはずもない。

「それに神崎氏自身は、自らは単なる一ファンだと言い張って、自分の姿を『キャラクター』として扱うことを拒否していますからね」

肖像権の面でも、ぬまっチ「公認」への道は険しいようだ。ぬまっチを公認することは、市にとって何らメリットはないし、むしろ面倒を背負い込む方向にしか行かないだろうことは目に見えていた。

とはいえ、もはや市が無視できないところまで、ぬまっチの人気は高まっていた。

◇

ぬまっチの人気が盛り上がったのには、二つのステップがある。

まずは三年前の、ネットでのゆるキャラ人気投票だ。

第一次審査には、どの地域のどんなキャラでも参加できるとあって、全国から千体以上のゆるキャラが立候補した。戦略的に練り込まれたものから、素人の造形だと一目でわかるお粗末なものまでさまざまあったが、その中でも、単なる中年男性の姿でしかないぬまっチは、本来の趣旨とは別の意味で注目を集めた。

悪乗りの「お祭り」が大好きなネット民は、こぞってぬまっチに投票した。投票開始から一か月で、ぬまっチは二位に二万票以上の大差をつけて、圧倒的一位に躍り出ていた。

これに驚いたのは、投票の実行委員会側だった。本命候補とみなされていた加治木野町の「かじどん」を押しのけての一位なのだから。実行委員会は急遽、開票の一週間前からは、得票数を見えなくすることで、事態の鎮静化を図ろうとした。だがそうした小手先の対応策は却《かえ》って、ネット民の反発と奮起を呼び起こす結果にしかつながらなかった。一週間、怒濤《どとう》のぬまっチ集中投票が繰り広げられたという。

ところが蓋《ふた》を開けてみると、ぬまっチは一位どころか十位の入賞圏内からも外れていた。運営側の思惑通りに、かじどんが一位という結果だった。

上位入賞キャラの得票数が、一週間前のぬまっチの得票数を上回るように「調整」されているのがあからさまで、「ヤラセだ!」と、大炎上した。かじどんに対する誹謗《ひぼう》中傷は鳴りやまず、イベントに出るたびにブーイングを浴びせられて、一位なのに活動を自粛してしまうという有り様だった。

もちろん投票結果が覆ることはなかったが、結果的にぬまっチは、一位のかじどんが霞んでしまうほどに注目を集めて、知名度が大幅にアップした。

第二の盛り上がりは、沼取市長との対立である。

人気投票不正疑惑によって、優勝する以上に注目を集めたぬまっチに、さっそくメディアが飛びつき、取材が相次いだ。その取材スタンスは、自称「発明家」や、自称「予言者」などに対するものと同じだった。「トンデモ」な人物を面白おかしく紹介しようというものだ。

そんな中、ぬまっチは、ゆるキャラらしからぬ不穏な言動と、皮肉な眼差しで、報道陣の予想をいい意味でも、悪い意味でも裏切った。

「沼取市なんて紹介するに値しない町だっチ。それよりも、政治家の斡旋《あっせん》収賄疑惑の方に興味があるっチ」

本来ならばゆるキャラは、「ご当地キャラ」として、地域を盛り上げるために存在するものだ。それが沼取市を蔑ろにし、あろうことか地元選出議員の、せっかく収まった疑惑を掘り起こそうとするような発言をしたのだ。

「あいつは、いったい何様のつもりだ！」と年配者を中心に批判的な声が上がった。その苦情の持っていきどころが、沼取市になったというわけだ。

沼取市長が、「沼取市のキャラがぬまっチだと思われることは甚だ心外だ」として、ネット発のムーブメントに待ったをかけようとしたのは、ある意味当然の話ではあった。

海外の有名大学でＭＢＡを取得し、併せて政治学とリーダー論を学び、三か国語を自由に操る……。スマートさを信条とするエリート市長だけに、どこの馬の骨ともつかない輩に市政をかき回されるのは、我慢ならないことだったに違いない。

市長が「ぬまっチ潰し」を目論んで打ち出した戦略は、新しい市の公認ゆるキャラづくりだった。有識者による検討委員会を設置し、有名デザイナーを招聘《しょうへい》して公募デザインをブラッシュアップし、大手広告会社を抱き込んで宣伝活動を行った。更には、地元の商工会や主だった団体にも根回しをし、どんな所からも異論や不満が出ないように配慮した。

マーケティング手法からすれば、完璧だった。これで人気が出ない方がどうかしているだろう。こうして、市の公認キャラ「ぬまとリン」は、華々しくデビューを飾った。

結果は、ぬまっチの圧勝だった。

具体的に、投票などでぬまっチとぬまとリンの「優劣」が決まったわけではない。だが、沼取市側の積極的なマーケティング戦略にもかかわらず、ぬまとリンは今一つ人気が上がらず、片やぬまっチは各地のイベントに引っ張りだこで、その差は歴然であった。

確かにぬまとリンは造形も可愛らしく、「中の人」も専属のパフォーマーを雇ったとあって動きにもそつがない。だが、その優等生ぶりが、却って魅力として映らなかったということだろう。あまりにも「ウケる」ためにお膳立てされ過ぎたゆるキャラに対し、人々がノーを突き付けたとも言える。「ゆるさ」が信条のゆるキャラなのに、裏の計算高さや戦略性が垣間見えては、興醒めでしかない。

各地で引っ張りだこになることを予想して合計四体作製されたぬまとリンの着ぐるみのうち三体は、今では市役所の倉庫の隅で埃を被っているという。

それはちょうど沼取市長が、地方改革の雄として積極的な改革路線を打ち出し、全国的に注目されるようになっていた頃と時を同じくする。

そんな彼の、ゆるキャラ戦略失敗は、エリートらしからぬ計算不足ではないかと揶揄されたものだった。順風満帆だった彼の政治運営の、初めてのつまずきでもあった。

市長のぬまっチ撲滅計画は、水泡に帰した。面会の際の彼の忌々しげな顔は、こうした過去に由来するものだろう。この市長ある限り、ぬまっチの「公認」など、夢のまた夢の話だろう。

◇

市長の怒りと反比例するように、ぬまっチの人気は上がっていった。

その頃からぬまっチは、ゆるキャラとしてではなく、説明の必要のない一《いち》「ぬまっチ」としてテレビに起用されることが多くなった。そこではもはや、「中の人ですよね?」「中の人なんかいませんよ」というお決まりのやり取りはない。

それでも、普通の中年男性が、極めて不機嫌な表情と甲高い声で「〜っチ」と話す様はかなり異様で、彼が彼個人としてテレビに出ているわけではなく、「ゆるキャラの中の人」だという「設定」を忘れさせない。

しかもぬまっチは、ゆるキャラの存在理由とは対極にあるような、ひねくれているともエスプリが利いているとも言える発言を繰り返す。時に共演者を怒らせもするが、確実に場を盛り上げてくれる存在として、重宝されるようになっていた。画面の賑やかしとしてではなく、コメンテーター的な位置付けで登場することが多くなっていったのだ。

ぬまっチの存在は、決して人を心地好くはしない。だが人は、「心地好いもの」ばかりを求めるとは限らない。

人々の心にさざ波を立たせ、快と不快のぎりぎりの境界線を突くことに関しては、ぬまっチは天下一品だ。テレビの世界で、その存在感はますます増していった。ゆるキャラ投票で「キワモノ」として取り上げられていた頃とは、隔世の感がある。

ぬまっチは、市長の公認ゆるキャラ戦略の失敗によって、ネットの世界を超えて広く一般に知名度を上げた。逆に言うならば、市長が声高に糾弾しさえしなければ、今日のぬまっチの栄光はなかったわけだ。なんとも皮肉なものだ。

そう考えて、ふと、私の心に疑問が浮かんだ。「市長の強硬な反対により、公認化できないキャラ」という図式をつくって、「判官びいき」でぬまっチの人気を盛り上げる。すべて、市長と神崎氏の筋書きに則った行動なのではと。

そう勘繰ってみると、市長が現職候補を破って新人市長として当選したのと、ぬまっチがゆるキャラ投票にエントリーした時期とは、奇妙に一致している。

とはいえ、市長がそんな手の込んだ形でぬまっチを支援するメリットが、いったいどこにあるだろう。

私は、その疑問の答えを求めて、市長と神崎氏、二人の経歴を調べてみることにした。二人は過去、何らかのつながりがあったのではないだろうか。

◇

ぬまっチの「中の人」である神崎氏も、常時顔を曝しているだけあって、その経歴は非公式にネットの中などに漏れ出している。

それによると、神崎氏は沼取市とはまったく関係のない地域に生まれ、大学を卒業した後、就職はせずに世界を放浪していたようだ。帰国後、いくつかの職を転々とした後、四年前に沼取市に居を構えた。沼取市とは縁もゆかりもなかった彼が、なぜ「ぬまっチ」として世に出る決意をするに至ったかは、まったくもって不明である。

それに対し、市長はさすがに公人だけあって、過去は詳細に明らかになっている。昨年出版された市長の自叙伝は、「エリート」の一言で済まされていた彼の人間性を多面的に捉えることのできる本として、大きな話題になった。

青春時代のベストエピソードは、大学を休学しての一年間の放浪旅行だ。

強盗に遭って身ぐるみはがされ、絶望だけを抱えて歩き続けたデリス山脈越えのくだりは、「感動させるための捏造ではないか？」とも揶揄されたが、クライマックスシーンなのは確かだろう。


――パスポート、有り金全部、リュックから靴に至るまで、すべてを奪い去られて、夜を徹して四十キロを歩き続けた私たちは、疲れ果てて道端に寝転がった。強盗を恐れる車は、そのあたりでは時速百キロ以上ですっ飛ばすのが普通だった。ヒッチハイクなど望むべくもなく、車が来れば、間違いなく轢《ひ》き殺されていただろう。それでも、希望も何もない私たちは、自暴自棄となり、大の字になってただ、空を見上げ続けた。

満天の星だった。

ちっぽけな私たちが絶望の淵に立つことも、生命の危険に曝されていることにも、何の関わりもなく、星々は輝き、悠久の時の彼方から、光を届けていた。

飽きもせず星々の動きを追っていた私たちは、どちらからともなく笑いだした。

「俺たちは、まだ生きてるぞ！」

「生きている」。ただそのことだけで、この世界はどんなに素晴らしいのだろう。私は初めて、そう思えた。

それは大げさでもなく、私の、第二の「誕生」だった。

真の意味で、「生きる」ために、何かをしよう。そう誓ったのだ。


こうして、七十キロの道のりを歩ききり、奇跡的に現地の警察に保護されて、朝倉氏は「生還」した。これ以後、彼は大学に戻り、政治学、地域経済学、リーダー論などを一から学び直すことになる。この旅が、彼にとってのターニングポイントであったことは、論をまたない。

デリス山脈での「誓い」とは、市長が、政治の道を志す上での、自らの心への誓いであると受け取ることができる。だがもしかすると、彼と、道を誓い合った「誰か」がいたのではないか？

自叙伝では、市長が関わった人物も克明に記されているが、なぜかこの放浪の旅においては、同行者についての描写は意識的に避けられているようにも思える。

もしそうだとすると、その理由は何だろうか？

◇

私は、市役所で教えてもらった、神崎氏の自宅マンションを訪ねてみた。もちろん市役所が一市民の個人情報を教えてくれるはずはない。伝えられたのは、ぬまっチの事務所の住所だ。

玄関にはもちろん、事務所としての看板など何もない。神崎さんは、ぬまっチ運営側とは無関係と言い張っているのだから。

今日、ぬまっチはどのイベントにも出演していない。ということは、「大ファン」であるという神崎氏も、家にいる可能性が高いだろうと推理してだった。

チャイムを鳴らすと、しばらくして神崎氏が姿を見せた。

「今日は、神崎さんのことをお伺いしたいのですが」

「私のことなんか、聞いても仕方がないでしょう。ただの、ぬまっチの一ファンに過ぎませんからね」

そう言いながらも、彼は快く部屋へと上げてくれた。２ＬＤＫの、一人暮らしをするには申し分のない広さの住まいだった。

「熱心なファンということですが、ぬまっチ関連のグッズとか写真は、何もないんですね」

部屋には、必要最低限の家具や生活のための道具の他は、何もなかった。不自然なほどに。

以前にも何度か、テレビカメラが彼の家に潜入したことがある。その際にもリポーターは、彼の家の「何もなさ」に戸惑い、時間を持て余していた。

四十歳を過ぎて独身で、ゆるキャラの応援に入れ揚げているという「設定」の男性だ。侘《わび》しい生活ぶりや、追っかけ中心の「トンデモ」な日常を切り取りたいというテレビ局側の意図はミエミエだったが、その思惑は見事に裏切られてしまっていた。

リビングには簡素なダイニングテーブルが置かれたきりで、テレビすらない。隣の部屋は、ベッドとわずかな衣類がかけられたハンガーラックがあるだけの寝室だ。

神崎氏の部屋の空虚さは、彼が物事に執着しない性格だからでも、シンプルな生活を心がけているからでもない。彼が「隠しているもの」を、片鱗《へんりん》たりとも嗅《か》ぎ取らせないための予防線ではないのだろうか？

その「隠しているもの」を探るのが、今回の訪問の目的だった。

「神崎さんは、若い頃は、海外を放浪していらっしゃったんですよね？」

「ええ」

「その際の色々なエピソードを教えて欲しいのですが」

「……それは構いませんが、若い頃にはありがちなバックパッカーの貧乏旅行ですよ。語ったところで、それほど面白いエピソードもありませんよ」

そう言いながらも彼は、問われるままに語ってくれた。ステージ上やテレビでの放埒《ほうらつ》な発言ぶりは影を潜め、起伏に乏しい口調で。今は彼から遠ざかってしまった「情熱」なるものの風化した記憶を掘り起こすようでもあった。

安宿で原因不明の皮膚病にかかったこと。南国のリゾートで羽目を外した思い出。難癖をつけてきた現地の若者と意気投合した話……。一人の若者の「刺激的」な、だが、今までにどこかで聞いたことがあるようなありきたりな旅物語だった。だが私には彼が、何かを巧妙に回避するべく、敢えて「ありきたり」に思い出を貶めているようにも思えたのだ。

結局、彼の「過去」や「関係」を探る手段は、彼の言葉しかない。それがどこまで真実かは、神崎氏の胸算用次第ということだった。

「デリス山脈越えも、されたんですか？」

「あの頃のバックパッカーにとって、デリス山脈越えというのは、ニジル川での沐浴《もくよく》体験やルクサール塩湖の朝焼けとの遭遇と並んで、旅の自慢の種としては最適でしたからね」

「その旅は、お一人で？」

「いえ、さすがにあの峠を一人で越えるのは、強盗に襲ってくれというようなものですからね。旅先で相棒を見つけて、二人で行きましたよ」

ようやく話が核心に近づいてきた。

「もしかすると、その旅は、沼取市長である朝倉氏と一緒だったんじゃないんでしょうか？」

神崎氏は、否定も肯定もせず、過去と現在とをつなぐ回路を遮断するように、眼を細める。

「どうでしょうねえ。旅先では、様々な場所で、国籍も様々な若い人たちと出会いましたからね。いちいち誰と会ったかなんて、覚えていないですね」

そう言う彼は、ぬまっチとしてステージに立つ時と同じ、すべてを煙に巻く皮肉な微笑みで、神崎氏としての感情に「鍵」をかけるようだ。

この情報のない部屋と同じく、彼は、自らの過去の一切の思い出や追憶を、アルバムから引き剝《は》がすようにしてどこかにしまい込み、語ろうとしない。

神崎氏と市長は、極限状態の旅を二人で乗り越えたのではないか。その旅の終わりに、互いの「夢」の実現に向けて、決して交わり合うことのない、「共闘」の約束がされたのでは……。

それはもちろん、私の想像に過ぎない。

「ぬまっチは、いったい何を考えて、舞台に上がっているんでしょうねえ？」

これ以上は情報を引き出せないと判断して、何気なく呟いた言葉だった。

「相手は単なるゆるキャラですよ。ゆるキャラに、何を求めているんですか？」

彼は殊更に、ぬまっチを思惑や信条とは違う場所に置こうとする。

「ゆるキャラってのは、道化ですよ」

「道化？」

「そう、道化」

彼は、それ以上深くは語らなかった。だが、「道化」という言葉は、不思議に私の耳にいつまでも残り続けた。

「すみません、トイレをお借りしてもいいでしょうか？」

「どうぞ、玄関の右側ですから」

廊下に出て、トイレの扉に手をかけて、私は振り返った。背後には、２ＬＤＫの最後の一部屋があった。

テレビ放送の中でも、神崎氏が絶対に公開しようとしなかった部屋だ。そこにはもちろん、ぬまっチの事務所としての機能があるはずだ。ただの「大ファン」でしかない彼の家にそんなものがあるのはおかしい。彼が隠すのは当然だし、リポーターも、「どうしても、この部屋だけは見せてもらえませんでした。いったい何が隠されているんでしょうか？」と訳知り顔でニヤニヤと笑いながら部屋の前でリポートして、それ以上を追及しようとしなかった。

だがもしかすると、彼が扉の向こうに隠しているのは、もっと別の「何か」なのではないか。私には、そんな気がしてならなかった。神崎氏と朝倉氏の記憶もまた、鍵のかかった部屋の中に封じ込めてあるのではないだろうか？

ドアノブに手をかける。躊躇と好奇心がせめぎ合う、良心と職業的使命感の狭間で、私は身動きできず固まってしまった。パンドラの箱を開けることになるのではないか……。そんな気がしたからだ。

意を決して、ドアノブを回して、扉を開けようとした。

「裸の王様、という童話を、ご存じですか？」

いつのまにか、神崎氏が廊下に立っていた。彼は、扉に手をかけた私を咎めもせず、そう尋ねた。

「ええ……もちろん」

布織職人を装った詐欺師に騙されて、「馬鹿には見えない」という「服」を買わされた王様は、自分が服を「見えない」とは言い出すことができず、裸のまま、家臣や国民の前に姿を見せる。

家来や見物客も、馬鹿とは思われたくないために、口々に王様の衣装を褒めそやして追従笑《ついしょう》いを浮かべる。そんな中、一人の男の子が、「王様は裸だ！」と叫ぶことによって、服など誰にも見えていなかったことが露見するわけだ。結局、「服が見えない」とは別の形で人々の愚かさが露呈してしまうという、強烈な皮肉になっている。

「あの話、王様が本当に『馬鹿には見えない』服を着ていたとしたら、どうでしょう？」

「え？」

「あの話の中に一人でも、王様の服が見えている人がいるとしたら？」

だとしたら、童話の伝える意図は、まるで違ってくる。布織職人は詐欺師ではなくなる。王様や臣民たちが愚かであることを遠回しに諫言《かんげん》する、善意の告発者となる。

王様の服が見えている「愚かではない」人物は、物語には登場していない。だが、王様の隊列を、取り巻く群衆からも離れた遠くの丘の上から皮肉な眼差しで見下ろす「誰か」がいるとしたら？

神崎氏が、どんな意図でそんな話を持ち出したのかはわからない。だが、自分が裸になって神崎氏に見つめられている気分になり、私はドアノブから手を離した。

「真相」には辿り着けなかった。それなのに、なぜかほっとした気分だった。

◇

このところ、ぬまっチの「主戦場」は、バラエティー番組から、討論番組へと移っている。

「ぬまっチは、そうは思いませんねえっチ。どうしてぬまっチが、自分が生まれる前のご先祖様の罪を背負わなきゃならないんですかっチ？　第一、その罪って言われてるものだって、ご先祖様がしっかり償ってるんでしょうっチ？　それとも、犯罪者の息子もまた犯罪者ってレッテルを貼られて、一生後ろ指を指されなきゃいけないってわけですかっチ？」

今日も今日とて、戦後補償の問題について、ぬまっチは歯に衣《きぬ》着せぬ物言いで放言してはばからない。

ゆるキャラは、着ぐるみの道化者という位置付けによって、政治家や経済界の大物とも同じステージに立てるし、突っ込みを入れるなどの失礼な行為も、ある程度は許容される。神崎氏は、自分を「ゆるキャラだ」と言い張ることによって、その絶妙な立ち位置での発言権を手に入れた。彼自身は、何の肩書きもない中年男性でしかないにもかかわらず。

ぬまっチの過去の政治的発言を拾い上げてみると、神崎氏の政治的な立ち位置は一貫してはいない。国境線を巡る隣国との緊張についても、ある時は、「死んでも守るって気概が無いくらいなら、国境の島なんて手放していいっチ」と言ったかと思えば、その舌の根の乾かぬうちに、「絶対守り抜かなきゃならないっチ。志願者を募って、人間の盾になって守り抜くべきっチ」と、正反対の論陣を張る。

人々はそれを、神崎氏の思想や信条の発露とは取っていないし、戦略的な発言とも見てはいない。その場その場で、場が盛り上がりやすいような、思いついたままの「爆弾発言」なのだ。取って付けたような「〜っチ」という語尾で、見る者も、「所詮《しょせん》はゆるキャラの暴言だから」とみなしてくれる。議論を引っ掻き回す、「狂言回し」としては最適であろう。

もちろん、ゆるキャラの「中の人」が、ソーシャルネットワークサービス等で失言をしてしまい、炎上することはままある。

だがぬまっチの場合、問題発言をしたらすぐ、沼取市長が我々以上に顔を真っ赤にして、「あんな奴はすぐにでも、首をねじ切ってやりたい」と怒り狂うのだ。叩こうとしたネット民も、自分たち以上に息巻いて怒る市長を前にして、振り上げた拳を下ろさざるを得ない。むしろ市長が怒る様を見たくて、炎上させるのを手控えているような雰囲気すらあった。

沼取市長の「激怒」という形の後幕がなければ、ぬまっチがこれだけ自由に発言できる雰囲気は醸成されなかっただろう。そう考えると、市長の激怒は、形を変えたぬまっチのフォローでしかない。

日頃はスマートで理性的な沼取市長が、エリートの風貌をかなぐりすてて、感情を爆発させる。それによって、逆にぬまっチの人気は上がり、ますますテレビの出演依頼が殺到する。沼取市長ほどの人が、その悪循環をわかっていないはずはないのだが。

だが私は、まるっきり逆の側面もあることを感じていた。

いずれ沼取市長は、国政に打って出るであろうことが公然とささやかれている。もちろん計算高い市長は、今の所、そんなそぶりを見せることはない。

若手政治家の旗手として持てはやされているとはいえ、今の彼は一地方自治体の首長でしかない。国政について首を突っ込み過ぎる発言をすれば、本来なら、「市政を蔑ろにしている」「沼取市長は、国政への足掛かりなのか？」という批判が出るのは必定《ひつじょう》である。

だが、ぬまっチの暴言の火消しのために「仕方なく」発言するという形によって、市長の「隠された野望」は、不思議に批判されることもなく叶えられている。彼は着々と、国家的視点で政治経済、国際関係を語ることを求められる立場になっていった。

市長がこれから関わっていきたいだろう、国家的、国際的課題に、ぬまっチは巧妙に切り込んでゆく。結果から見ればぬまっチは、市長が国政への階段を一歩、また一歩と登る上での、切り込み隊長的な位置付けになっている。

そう考えると、ぬまっチと市長は、決して正面から向かい合うことはないものの、報道や市民の声というものを間に挟んで、互いに「打ち頃」の玉をやり取りしているようにも思えてくる。もちろん結果論と言われればそれまでだ。だがそれは、予《あらかじ》めそうなるように仕向けられたものではないのだろうか。

今のぬまっチは「小さな沼取市の市長なんか、相手にする気もおきないっチ」と言って、市長を小物扱いし、相手にしていない。そのため、早く市長に国政へと進出してもらって、ぬまっチと直接対決して欲しいと後押しする気運すらあるのだ。

近い将来、沼取市長、朝倉氏が国政に打って出た時、ぬまっチの毒舌は、満を持して朝倉氏に向けられるはずだ。その時初めて、二人は直接の対峙《たいじ》をする。ぬまっチは、舌鋒鋭く朝倉氏の理想論を夢物語と切って捨て、現実路線を「日和見《ひよりみ》」と嘲笑うだろう。それは結果的に、朝倉氏のエリートとしての鼻っ柱を折り、庶民にとっては親しみやすい側面を曝け出させる効果を持つはずだ。

つまりぬまっチは、朝倉氏の国政での歩みを、逆説的な形でフォローし、支える存在になるのではないだろうか？

その関係を思う時、私が思い浮かべるのは「宮廷道化師」だ。

中世の為政者が、宮廷に道化師を置き、歯に衣《きぬ》着せぬ物言いを許していたのは、専横的になりかねない自身を戒めるための「鏡」であり、「ブレーキ役」としての役割が、意識的、無意識的に期待されていたからであろう。


――ゆるキャラってのは、道化ですよ――


神崎氏が言った言葉は、今も私の耳に残り続けている。

ちなみに沼取市長は、あれだけ毎回激怒しているにもかかわらず、報道機関に対してぬまっチへの出演依頼の自粛を正式に要請したことは、一度もないという。

◇

今、人々はキャラ付けされ、そのキャラに応じた「リアクション」が求められる。神崎は、生身の身体でありながらゆるキャラであるという強引な「キャラ付け」を世間に認めさせることで、自身を「コントロールする側」に置くことに成功した。自らの思いを巧妙に「情報」へと変え、伝播《でんぱ》させることのできる立場を手に入れたのだ。

「裸の王様」という童話は、誰もが知るところだろう。

しかしながら、今の世の中に、この童話の警句は、果たして通用するだろうか？「王様は裸だ！」と誰かが叫んだところで、人々は振り向いてくれもしない。王様は、「それがどうした？」と居直り、国民は曖昧に笑って、「聞かなかったこと」にされてしまうのがオチではないか。

ぬまっチの「着ぐるみ」もまた、裸の王様の服のように、誰にも見えない。見えないものを「ある」と言い張ることによって、彼は特別な立ち位置を手に入れた。見えない着ぐるみを目くらましにして、ぬまっチは、その着ぐるみ以上に「見えない」何かを目論んでいるのではないだろうか？

その眼差しは、国政に打って出た朝倉氏の、知性と経歴によって纏ったきらびやかな服をはぎ取って、「丸裸」にしてしまうだろう。

そこから、朝倉氏と神崎氏の、次のステージが始まる。

私は密かに期待している。朝倉氏とぬまっチによって、まったく新しい形の、「裸の王様」の物語がスタートすることを。

応援

——「頑張れ！」の呪縛——

「応援」という行為は、よく考えると不思議なものだ。

家族や友人が出場するスポーツの試合を応援するというのなら、まだわかる。いわば身内であり、勝利が我がことのように喜ばしいのは当然だ。

だが、応援の大部分は、そうではない。出身校の野球部が全国大会に行ったであるとか、地元のサッカーチームが優勝したであるとか、縁もゆかりもない人々を贔屓として、勝敗に一喜一憂する。優勝したと言っては大喜びして祝杯をあげ、負けたと言っては心底悔しそうに嘆き、ヤケ酒をあおる。

つい先日まで「不倶戴天の敵」と憎んでいた選手なのに、トレードで贔屓チームに入れば、たちまち味方に利する救世主として「応援」の対象になってしまう。

度を越した応援は、もはや本来意味するところの、「贔屓とする対象を励まし、助ける」とは乖離《かいり》してくる。「死んじまえ！」などと物騒なやじを飛ばし、より過激になると、「フーリガン」などという過激な暴徒と化す。

かように応援とは、自己と応援される側との関係が多様化する、一筋縄ではいかない行為である。心を病んだ者に「頑張って」という励ましが残酷な場合もあるように、応援とは、一つ間違えば対象者を追い込み、かえってその力を奪いかねない危険性すら秘めている。

応援そのものを目的とする応援団やチアリーディングなども存在することからすると、応援とは、茶道や剣道などの「道」に通じる、思想性と体系を持ったものであるとも言えるのではないだろうか？

ある意味、応援とは見返りを何ら求めない、孤高の行為であるかもしれない。得るものは心の充足だけ……、いや、それすらも得られない場合も多い。

果たして応援とは、いったい「誰のため」のものなのだろうか？

◇

奥村達也について、世間の人はどんな印象を抱いているのだろう。私は、別件の取材で会った人々に、彼についてどんなイメージを持っているかを尋ねてみた。

——たしか、人気絶頂で引退しちゃったんだよね？　なんか、事務所の力関係で干されちゃったとか？　まあ、芸能界じゃありがちな話なんじゃないのお？（三十代・女性）

——すごい人だったんですよね。演技に対する考え方も独特だったみたいだし。俳優を続けてたら、海外でも通用したんじゃないんですかね？（二十代・男性）

——なんか、感じ悪い人だよね。サラリーマンになっても芸能人気分が抜けなくって使い物にならなくって、辞めさせられたんだろ？　昔のファンに貢がせて、セコク稼いでたって聞い

たよ。（四十代・男性）

――芸能界の闇の部分で暗躍してた人ってイメージだな。なんかやばい事件に関わってたんじゃなかったっけ？（三十代・男性）

――そういえば、最近名前を聞かんね。今、何してるんだ？　もしかして、死んじまったのか？（五十代・男性）

人により、彼の印象は様々だ。それぞれの抱いたイメージを並べてみると、一人の人物について語っているとは、とても思えない。

十年前、奥村の人気はすさまじかった。

彼の芸能界デビューと、その後の人気の沸騰ぶりについては、私がわざわざ語るまでもないだろう。

都心の繁華街を歩いていて、一日で二十人のスカウトに声をかけられたであるとか、友人のオーディションについて行って、友人ではなく彼の方が注目されてしまったであるとか、ありがちな「華々しい」逸話がいくらでも転がっている。そして彼は、「未来のスター発掘コンテスト」で、審査員特別賞を受賞し、大手芸能プロダクションと契約を結んでデビューした。

とはいえ奥村は、いわゆる正統派の「二枚目」や「イケメン」ではなかっただろう。同時期に活躍した若手俳優にも、彼以上に顔立ちの端整な人物はいくらでもいた。だが、整い過ぎた風貌は、俳優としての存在感を「魅せる」上で、アピールポイントの無さともなり得るのも、また事実である。

人の顔が完全な左右対称ではないことは知られるが、できるだけ差のないことが、「イケメン」の必須条件であろう。だが彼の顔立ちは、人相学など知らない素人でもわかるほど、顔の左右で印象ががらりと変わった。

切れ長の一重の右目が、冷たさと近寄りがたさを醸し出し、左目の優しさと幼さが、弱さと親しみやすさを演出する。まるで二つの人格が未分化のまま彼の中に存在するように錯覚させる。見る者の感情を不安にさせ、同時に、惹き付けてやまぬ魅力を放ち、彼から目を離さずにはおれなくなる。

彼が、大した実績もない新人ながら、民放トップ局の午後九時のドラマの主役に抜擢《ばってき》されたのには、誰の異論もなかった。まさに、満を持しての配役だっただろう。

ダブル主演の女優も、大手事務所が、結婚して第一線を退いた大物女優の後継者として、社を挙げて推している女優Yだ。恋愛ドラマの人気が下降していった時期だった。奥村の主演は、恋愛ドラマの復権をかけた起用でもあったのだ。

海外でも評価の高い映画監督のドラマ初挑戦作であり、脚本家は、かつて恋愛ドラマ黄金期に高視聴率を連発した大御所を起用した。脇を固める共演陣も、ベテランや個性派ばかりだ。まさに、奥村を名実共にスターに仕立て上げるための護送船団のような布陣であった。

ドラマはオーソドックスな恋愛物語ではあったが、ある仕掛けが施されていた。ドラマの中で、奥村と女優Yとの恋仲を引き裂く別の女性が出現するのだが、彼女を演じる女優がいったい誰なのかが、一切明らかにされなかったのだ。

ネット上でも、ワイドショーでも、解答に辿り着けないまま、女優が「誰か」という憶測が膨れ上がっていった。そうして迎えた第八回放映のエンディングで、初めてその「種明かし」がされた。なんと、謎の女性もまた、女優Y自身だったのだ。つまり彼女は「奪う女」と「奪われる女」とを、メイクと演技分けによって、完璧に一人二役で演じ切ったのだ。彼女の演技力をドラマの準備段階で見出していた監督の、たっての希望で実現した「配役」だった。

もっとも、そんな特殊な「二役」が、単なるアクロバティックな配役の話題性を超えて視聴者の心に訴えかけることができたのは、相手役である奥村自身が備える二面性と見事にマッチしていたからこそだろう。

恋人と他の女性との間で心を揺らす男性という、ややもすれば優柔不断や身勝手とみなされがちな人物を演じたのだ。それなのに、視聴者から共感されるキャラクターとして演じ切れたのは、奥村自身も自覚しない、彼の中の「二役」が、女優Yの二役と絡み合い、化学反応を起こしたからに他ならない。

ドラマの視聴率は大幅にアップし、大きな話題にもなった。

その当時、私は彼にインタビューをする機会があった。芸能専門の友人ライターが事故に巻き込まれ、急遽代役を頼まれたのだ。

場所は都内の高級ホテルのスイートルームだった。

「人に元気を与えられる役者になりたいね」

二十三歳の奥村は、考え込む様子もなく、滑らかに答えを口にした。

「俺は医者になったことも、教師になったことも、政治家になったことも、F1ドライバーになったこともない。それなのに、ドラマの中では、いろんな役柄になりきって、その人生を生きることができるんだ。俺の演じるいろんな役で、見る人を幸せにしたいね」

「人を惹きつける」と言うが、彼の場合は少し違うかもしれない。彼の面差しは、人を冷たく突き放し、同時にナイーブな内面を曝け出すような無防備さがある。大勢のファンの一人と奥村、ではなく、自分と奥村だけのパーソナルな空間に誘い込まれたような親密感があるのだ。男性の私でさえそう感じてしまうのだ。女性であれば尚更だろう。

だが、見た目の奇妙な吸引力とは裏腹に、返ってくる答えは薄っぺらで、いかにも取材対応として取って付けたような台詞ばかりだった。

インタビューの合間にも、傍らの窓際では撮影に向けての準備が進み、ヘアメイクが髪を整える。すべてをお膳立てされた空間で、彼自身もまた、お膳立てされた答えを機械的に紡ぎ出すだけだった。

付き人の一人が、彼と私の前にコーヒーを置いた。

「なあ、俺が今、何を飲みたいかくらい、言わなくてもわかるようになってくれよ」

彼は不機嫌そうに言って、カップを無造作に押しのけた。コーヒーがこぼれ、白いテーブルクロスの上に、じわじわと染みが広がってゆく。

横暴で、世間知らずで、自信過剰。だがそれを非難することはできない。二十三歳で、何の人生経験もないまま、スターとして神輿《みこし》に乗せられたのだ。浮ついているのは当然だし、地に足がつかないからこそ、神輿として担ぎやすいのだから。

実績を伴わない自分への不安と、過剰に植え付けられてしまった自信、そして、自分ではどうしようもない人を惹きつけずに置かない風貌……。彼は、ドラマの中とは違う危うさに満ちていた。

だが、マネージャーが目を光らせるこの場では、その危うさを追求する突っ込んだ質問はできなかった。代役としてこの場にいる以上、そんな綱渡りをする意味もない。

「このドラマで、また大勢のファンが奥村さんにつくと思います。たくさんの人から応援される立場に立つことは、怖くはないですか？」

指定された質問項目から外れて、私がそう尋ねたのは、そんな奥村の危うさを、無意識のうちに嗅ぎ取っていたからかもしれない。

彼は重厚なソファで脚を組みかえ、少し考えていた。物思いにふける姿は、女性ならまさにハートを射抜かれることだろう。

「ファンのみんなは、ボクにとっては家族そのものだよ。もちろん、家族だから喧嘩《けんか》もするし、意見が食い違うこともあるよ。だけどそれは、相手を大事に想うからこそなんだ。ボクは、どんなにファンが増えて、大きな存在になったとしても、一人一人のファンを、一生大事にするよ」

まさしくアイドルとしての優等生的発言だが、彼にその自覚はないだろう。彼自身が、自分の言葉だと信じている以上、彼の「内なる声」に辿り着くのは容易ではない。それに、突っ込んだ質問をした所で、横でしきりに腕時計を気にするマネージャーに遮られてしまうのがオチだ。

そんなわけで、私はインタビュー記事をまとめると（事務所側のチェックにより、私の文章は見るも無残に改変されたが）、それきり、彼への興味を失っていた。


ドラマが終盤に差しかかる頃、一つの事件が起こる。ダブル主演として共演する女優Yとの「熱愛スキャンダル」だった。

ホテル街で手をつないで歩いていただの、相手の住むマンションから朝帰りしていただのという、決定的な証拠写真が出回ったわけではない。ただ、業界通の知る「噂」として、その熱愛はまことしやかに広がっていった。

ドラマへのテコ入れのための話題作りとして、また、ワイドショーに取り上げてもらい、ドラマ終盤に向けて新たな視聴者を獲得しようとの目論見で流された、ありがちなリークだったろう。

もはや視聴者も、発言するコメンテーターも、それが真実かどうかなど興味も関心もない、単なる様式美としての「熱愛発覚」のお膳立てだったはずだ。だが、それは結果的に、奥村の人気の「質」を見誤っていたということだったのだろう。

熱狂的ファンとは、心の内に相反する感情を分かちがたく同居させているものだ。「自分たちが見出《みいだ》し、大きく育てた」という自負。もっともっと大きな存在になって飛躍して欲しいという期待。いつまでも「自分たちのもの」でいて欲しいという独占欲……。ファンの心の中には、様様な感情が拮抗《きっこう》する。奥村の場合は、人一倍「独占欲」を掻き立てる俳優だったということだろう。

急激に人気が出て、新規のファンが大量に流れ込んでくるに及んで、古参のファンと新規のファンとの対立が深刻化していった。「自分たちが一番のファンだ!」「自分こそが奥村のことを一番よくわかっている」という感情がヒートアップした結果、暴走が始まった。

——奥村クンに手を出すな!

「奪う女」と「奪われる女」を見事に演じ切った女優Yは、その演技力ゆえに、奥村を手玉に取っていると非難され、彼女をバッシングする形で、奥村への応援の矛先は、鋭く尖っていったのだ。「演技がうまい」とは、俳優にとっては最高の褒め言葉だろうが、一般社会で使われる場合は一変して、蔑みの言葉と化す。

現実と絵空事の境界に生きる俳優が、演じた役柄の性格や言動を、本人自身のものとして捉えられ、人間性を曲解されることはままある。それだけ演技が真に迫っていたからこそであって、演者にとっては冥利に尽きる事態だろう。とはいえ、猟奇殺人犯を見事に演じた俳優が、その残虐性を自身の本質であると錯覚されたとしたら、たまったものではない。

女優Yは、女性誌のアンケートで、「嫌いな女優」「男を騙す女」「腹黒い女」の三冠に「輝いて」しまった。嫌悪は、無関係の人々を巻き込んで拡散されがちである。無批判に尻馬に乗っかる悪意が、彼女に襲いかかった。某映画監督をして「女優Yを失うことは、この国の国家的損失だ」と言わしめた彼女だったが、バッシングの大波は、擁護の防壁を容易く乗り越えて、彼女を芸能界から押し流してしまった。国内での活動の芽を摘《つ》まれた彼女は、活躍の場を求めて海外に渡らざるを得なかった。

とはいえ、結果的に視聴率は取れたのだから、奥村を主役にした新たな恋愛ドラマが計画された。

だが、それは実現しなかった。女優Yへのバッシングのすさまじさから、共演女優の事務所側から、人気が上がるメリットよりも、熱狂的ファンからバッシングを受けるデメリットの方が大きいと判断されたからだろう。

その結果、彼を恋愛ドラマの主人公に据えることには、どのテレビ局も二の足を踏むようになってしまった。過剰過ぎる人気に、彼は俳優としての方向性を変化させざるを得なくなったのだ。

とはいえ、それは簡単なことではなかった。

恋愛など関係のない社会派ドラマで、仕事一筋の刑事を演じるにしては、彼の瞳は異性に訴えかけ過ぎる。脇役に徹するにしても、彼が出れば、たちまち画面の主役の座を奪いかねない。強烈な光を放てば、誰しもそちらに視線を引き付けられてしまう。

要するに彼は、主役であり、恋愛対象としての存在感があり過ぎたのだ。

もっとも、ドラマが駄目でも、活躍の場はいくらでもある。彼の存在感は、数十秒という短時間で視聴者を惹き付けなければならない企業CMには、むしろうってつけだったろう。拘束時間の長いドラマよりも、単発でギャラも高いCMを好む俳優、女優も多い。

彼を真っ先に起用したのは、大手旅行会社だった。

南国の小さな離島のサトウキビ畑の、風が吹き渡る風景を背景に、洗いざらしの白いワイシャツを着た奥村が両手を広げ、すべてを包み込むように穏やかな微笑みを浮かべて佇む。台詞はただ一言、「ここにおいで」のみ。

彼の爽《さわ》やかさと、旅行のCMはマッチしていた。白い歯が青空に映えて、誰しもに、寒い冬を暖かなリゾートで過ごしたいと思わせた。彼の起用は大成功だったに違いない。実際、CM放映以降、キャンペーン効果もあって、旅行社の売上は前年比二十パーセント近くアップしたという。

だが、まったく別の効果も及ぼした。熱狂的ファンもまた、そのCMで「旅行したい」と思ったものの、その心情は「奥村と同じ地に身を置きたい」という偏ったものだった。今となっては、アニメのロケ地などを実際に訪れる「聖地巡礼」という行為もすっかり一般化したが、奥村の例は、その先駆けとも言えるものだったろう。

そうして、人口二千五百人の小さな島に、奥村の熱狂的ファンが大挙して押し寄せたのだ。私有地に入り込んで写真を撮るのはまだいい方だった。奥村の等身大のお手製パネルを勝手に据え置いて、ファンが撮影に列をなす異様な光景が続いた。

あまつさえ、奥村がCMで撮られた「そのままの風景」に固執するあまり、サトウキビの刈り入れ作業を阻止すべく、搬入される収穫機械の前に立ち塞がったのだ。ついには住民とファンとの小競り合いが頻発し、警察が介入する騒ぎになった。

事件といえば「牛が道路を塞いで通行止めになった」くらいしかなかった小さな島は、彼女たちの「襲来」で、ハチの巣をつついたような騒ぎになってしまった。

ファンたちは、ロケの際の行動も調べ上げ、奥村が島には数時間しか滞在しなかったことも知っている。それゆえ、誰も島には宿泊しようともせず、他の観光地を巡るでもなく、ほんの数時間の滞在で、船でとんぼ返りする。経済的な見返りもなく、島には何の興味もない熱狂的なファンに、土足で踏み荒らされたのだ。

加えて、その騒動を面白半分で取り上げるマスコミが大挙して押し寄せ、さらに島を混乱させた。そのことで、更に注目が集まって……。まさに悪循環だった。

ドラマに続いて、初CMもファンの行動によってケチがついてしまったのだ。そんな俳優を、どの企業が使いたがるだろうか。彼は、人気が出過ぎたがゆえに、CMですら起用しづらい役者になってしまった。

◇

二年後、私は再び、奥村にインタビューをする機会を得た。今度は代役としてではなく、私の方から取材を申し込んで。

彼と会ったのは、以前インタビューをしたような都心の高級ホテルの一室ではなく、所属事務所の会議室だった。会議室と言っても、要は宣材などが積み上げられた資料倉庫の片隅に机と椅子を置いただけの、社員の休憩所も兼ねた殺風景な空間だった。

「すみません、遅くなってしまって」

約束の時間を四十分も過ぎた頃、奥村は慌ただしくやって来た。

「撮影が押してしまって……」

彼は汗を拭って、対面のパイプ椅子に座った。携帯電話を机に置くのは、いつ連絡が入ってもすぐに応対できるようにだろう。

「まあ、コーヒーでもどうぞ。インスタントだけどね」

彼は机の隅のインスタントコーヒーの瓶から紙コップに粉を注ぎ、ポットのお湯を入れて、私に差し出す。

「それにしても、今さらボクにインタビューってのは、珍しいね」

肩をすくめるようにして、いたずらっぽく私を覗き込む。人を惹き込まずにおかない存在感は、昔と変わらない。

「今は、どんな仕事をされているんですか？」

奥村は、指を折りながら、自らの仕事を振り返る。

「そうだね……。まずはタレントのスケジュールの管理、営業、マーケティング。そして何より、ファンへの対応と、精神面のケアだね。何しろボクは、その点ではうってつけの経験をしてきたからね」

そう言って屈託なく笑う。以前のインタビューならば、話が「過去の汚点」に及べば、すぐに横に座るマネージャーが割って入るところだろう。

だが、彼への質問を厳しくチェックするマネージャーは存在しなかった。存在するはずもない。彼自身がマネージャーになっていたのだから。「撮影で遅れた」と言うのも、彼自身ではなく、彼が現在マネージメントしている若手俳優Mのグラビア撮影のせいだった。

「結構、ボクのマネージメントは会社からも信頼されていてね。事務所の一押しの若手俳優を任せてもらえるようになったよ」

俳優として顔が売れていただけに、現場での知名度は抜群だし、経験を積んで人当たりの良さも身に付けた。しかも、過去のいきさつから、ファンへの対応や担当俳優のメンタル面のフォローも万全だ。

ドラマの騒動以後のことを、彼に尋ねてみる。

「……順風満帆って言葉があるじゃないですか」

「ええ」

「ボクの場合、まさにあのドラマまでは、順風満帆だったんだよね。だけど、自分を押す風が強過ぎちゃって、帆が破れて、思いっきり航路を外れてしまったような芸能人生だからね」

背中を押した強過ぎる風によって、彼はいったいどこに流れ着いたのだろうか？　それが私の今回の取材意図であった。

「それで、俳優として続けていくことを諦めた……と」

「いや、諦めたってのはちょっと違うかな」

彼は私の言葉を、駄目出しをするように遮った。ややあって、自分の性急過ぎる反応を恥じるように頬を赤らめて、首を振った。

「すみません。だけど、諦めたって言うと、ボクがマネージャーの仕事を、俳優より一段下に見てるみたいでしょ？」

机の上の携帯が振動した。奥村は「ちょっと失礼」と、すぐに携帯を手にして話しだす。明日の俳優Mのドラマ撮影についての打ち合わせのようだ。

通話を終え、彼は紙コップのコーヒーを手にした。

「もちろん、最初は落ち込みもしたよ。人気が出れば露出が増えるってのが当然なのに、人気が出ちゃったからこそ、画面に出ることができなくなったんだからね」

彼の表情に浮かぶ「憂い」は、俳優だった頃と同じようでもあり、違うものでもあるようだった。

「だけど今は、実の所、ボクにはこんな仕事の方が合っているような気がしてきたんだよね」

そう言う奥村は、仕事の充実ぶりを示すように、目を輝かせた。

「自分があんなことになったからね。彼にはきちんと、応援の追い風が吹いて欲しいな。そのためにも、ファンがどんなことを望み、どんな方向に向かおうとしているのかは、注意深く見守っていますよ」

自分のせいで、活動の芽を摘まれた共演女優Yへの後ろめたさもあるのだろう。スターであった頃の、自分に相応《ふさわ》しい発言を自分自身のものとして語る彼の姿は、そこにはなかった。

「逆に聞きたいんだけど、あの頃のボクって、どんな風に見えていたのかな？」

自分にとってどんな職業が相応しいのか、自分が何をやりたいのかを考える機会もないまま、俳優になることを運命付けられていた彼だ。その道を「応援」によって閉ざされて初めて、彼は自分と向き合う機会を得たのだろう。

「そうですね……。俳優としてやりたいことと、やるべきこととがはっきりしないまま、大きな風に押されて進んでいた……。そんな様子に見受けられましたね」

ドラマ、CMと、立て続けの「過剰な応援」による騒動を経て、奥村をテレビで見ることはなくなった。「一生、奥村さんのファンです」と言っていた熱狂的ファンも、露出の機会が減ると、移り気なものだ。すぐに新しい「光る原石」に、興味は移ろってゆく。

「そんな言葉を、あの頃にもらえればよかったな。もっとも、マネージャーが遮っていただろうし、ボク自身も理解しようともしなかっただろうけどね」

追い風が途絶えた今、ようやく奥村は、自らの櫂《かい》を漕ぐ力で、海原に乗り出そうとしているのかもしれない。

◇

そんな彼が、再びお茶の間の話題になる機会が訪れた。

きっかけとなったのは、火曜夜のプライムタイムに放送されたバラエティー番組だ。タレントの最も身近にいるマネージャーが、テレビでは見せないタレントの裏の顔を暴露するという新企画の目玉として、奥村は登場した。

マネージャーとして奥村がカーテンの奥から姿を現すと、さすがに会場はどよめいた。番組のインパクトとしては大成功だったろう。

MCを務めるお笑い芸人が、「演技が下手糞《へたくそ》やったから、事務所に仕事干されたんやったな?」と意地悪くツッコミを入れた。

もちろんMCも他の出演者たちも、奥村が画面に登場することができなくなった複雑な事情は百も承知だ。それを視聴者のせいと断罪することができないからこそ、笑いに昇華して、奥村をもう一度、芸能界の「日の当たる場所」へと引き上げてあげようとの、MCとしての粋な計らいだったろう。

奥村は苦笑して首を振るばかりで、否定も肯定もしなかった。主役である俳優Mより目立つべきではないとの判断であり、同時に、ツッコミに「乗る」ことで、再び光を浴びる場所に戻る気持ちはないという意思表示でもあっただろう。

ところが、視聴者はそうは受け取らなかった。一度芸能界でスポットライトを浴びた者が、「日陰の仕事」で満足できるとは思っていない。何らかの負い目があるからこそ、口を閉ざしたのだと理解した。

視聴者は「事務所に干された」を真に受けてしまった。MCが、飼い殺しにされている奥村を窮状から救うために、助け舟を出したのだと勘繰ったのだ。

番組放送直後から、奥村の芸能界復帰を支援する動きが始まった。

まずその運動は、奥村の活動復帰への嘆願活動の形で幕開けした。電話やファックスでの嘆願により、事務所の電話回線はパンクし、機能不全に陥ったという。

騒動の広がりはニュースでも取り上げられ、事務所は鎮静化するために、声明を出さざるを得なくなった。

奥村達也のファンの皆さまへ

日頃より、奥村達也を応援いただきまして、真にありがとうございます。

さて、以前より皆さまからご要望いただいております、奥村の俳優としての芸能界復帰の件ですが、奥村のマネージャーとしての勤務は、彼自身が希望してのものです。奥村も現在の仕事に手ごたえを感じているところですので、温かく見守っていただければと思います。

奥村の人生の選択について、今後ともご理解、ご支援いただきますようお願い申し上げます。


それにより、事態は沈静化しただろうか？　いや、より一層、復帰を目指す運動はヒートアップした。

事務所の声明は、奥村を支援する人々への挑発としか受け取られなかった。事務所は奥村を復帰させる気はない。これは奥村自身には一言の相談もなく、事務所が勝手に出した声明だと……。

そこから、彼を支援する動きが本格化した。

彼を「支援」したのは、いったいどんな層だろうか？

かつてのファンたちは、既に他のスターの輝きに心を移し、彼には見向きもしなかった。それに代わって、奥村を「支援」しだしたのは、家庭の主婦たちだった。主婦層を中心とする、ネット上の情報交換のネットワークによってだ。

昔から、主婦による口コミのネットワークは、侮れないものがあった。不当な値段釣り上げをしたスーパーに不買運動を仕掛けて閉店に追い込むこともあれば、テレビの健康番組に触発されて、「身体に効く食材」と紹介された食品を、スーパーの棚から払底《ふってい》させることもある。良くも悪くも、持続的で広がりのある運動の担い手が主婦層だろう。

主婦業を蔑ろにして小銭稼ぎに奔走する「ママドル」とも言われる女性芸能人や、「売国発言」をしたとされる野党政治家など、彼女たちの心証を悪くしてターゲットとされる対象は、多岐にわたった。

従来、ネット上で誹謗中傷を繰り広げる層は、低賃金で使い捨てされる若者たちや、社会に適応できず部屋に閉じこもる「引きこもり」など、現実社会での「弱者」たちだと言われてきた。誰にも鬱憤を向けられない弱い立場だからこそ、ネットの匿名性を利用して、実社会では発散できない攻撃衝動を先鋭化させているのだと。

だが、その認識は一面的過ぎるだろう。

彼女たちは主婦として生活は安定し、金銭的余裕もある。社会に完全に満足してはいないものの、自らの判断によってその不満を解消することのできる立場にいる。

彼女たちのネット上での活動は、批判や糾弾だけではなかった。最も特徴的なのは、正当な評価を受けていない人物や、不当に貶められた人を支援する「ネットパトロン」という活動だろう。

私は、奥村の「ネットパトロン」を続けているという一人の女性に話を聞くことができた。待ち合わせ場所にやって来た女性は四十代半ばほどで、ブランド品ではないがきちんとした服装に身を包み、堅実な家庭生活を営んでいるだろうことが窺《うかが》い知れた。

「私自身は、奥村さんの特別なファンというわけではありませんでした。いえ……、今もファンではありません」

そこが重要な点だというように、彼女はそう念押しする。

「彼は、事務所の方針によって、芸能界の日の当たる世界から干されてしまったんです。しかも事務所側は、彼を解雇することもなく後輩俳優の活躍を間近で見せ付ける……。まさに、見せしめですね」

そんな奥村の置かれた状況に義憤を感じ、支援の動きに参加したのだという。

彼女たちの、「ネットパトロン」としての運動は、多岐にわたった。

奥村に代わって事務所の「顔」となった後輩俳優Mを起用するドラマの悪評をばらまき、スポンサー企業に「これ以上ドラマにスポンサードするようなら、お宅の商品は買わない」と抗議電話をかける。

もともと、奥村がマネージメントする俳優Mは、露出に実力や人気が伴っていない「ゴリ押し」と、以前から批判されていた。それが、奥村の復帰支援運動と結び付いて、大きな騒動となったのだ。

「しかし、奥村さん自身が、マネージャーとしての仕事を望んでいるとしたら、皆さんの支援は、こう言っては何ですが、余計なお世話なのかもしれませんよ?」

彼へのインタビューの内容を伝えると、彼女は侮蔑するように嗤った。

「いまだに事務所に雇われている身分で、彼が本心を語ることができると思いますか?」

決め付ける口調には、人の反論を許さない偏狭さを感じた。

「芸能界は、発言権の大きな事務所の意向によってすべてが決められる世界ですよ。彼が今の状況を不満に思って移籍したとしても、あの大手事務所に睨まれて仕事ができるはずがないじゃないですか。結局彼は、裏方として飼い殺しにされるしかないんです」

「失礼ですが、芸能関係の仕事に就かれたことがおありですか」

「……ありませんけれど、それが何か?」

彼女は強張《こわば》った表情で、質問の意味を問い質《ただ》す。

「自らの信じている『事実』というものが、もしかすると自分の思い込みに過ぎないかもしれない、という可能性を考えたことはありませんか」

「ネットの情報は、あやふやで嘘ばかりと思われがちですが、私たちは常に、情報にはソースを求め、複数の情報を精査した上で真実を判断しています。実際、こうした支援の声が上がれば、事務所側が奥村さんを俳優に復帰させない理由は何もないはずです。それをしない以上、俳優Mをゴリ押しし、それを妨げないよう奥村さんを不当に貶めている……。そう判断して、どこに間違いがありますか？」

実際の所、奥村が予想外の事態によって活躍の場を奪われ、事務所は早急に新たな「柱」を作る必要があった。その意味では、俳優Mの「ゴリ押し」批判は間違ってはいない。だが、奥村自身も、自分に代わる事務所の顔を育てるべく奔走し、俳優Mの仕事を取っていた。「ゴリ押し」を指摘するなら、批判されるべきは奥村自身でもあったのだ。

「ですが奥村さん自身が、ネットパトロンの活動を迷惑と受け取っているとしたら、それは果たして『支援』と言えるのでしょうか？」

彼女は、そんなことを問題にもしていないというように肩をすくめた。それは、ドラマの中で奥村がやっていたような、芝居がかった仕草にも感じられた。

「支援する相手がどう思うかによって、自らの行為を変えるというのは、却って相手に失礼ではありませんか？　どんなに周囲から理解されなくとも、意志を変えずに物事を達成できた者は、最後にはその信念が正しかったものとして理解されるものでしょう？　ですから私は今後も、信念に従って、彼の支援を続けていきます」

彼女は、自らの言葉によって、信念の壁を更に高く築くようだ。

「奥村さんも、数年後にはきっと感謝しているはずですよ。私たちの『支援』が、どれだけ必要だったかと」

彼女たちの行動原理は、「正義感」だ。

悪意からの行動であれば、心の中の罪悪感が、いつか後ろめたさにつながり、自らの行動を顧みて自制心が働くことも考えられる。

しかし彼女たちは、自らの正義感から、信念に基づいて支援行動を行っている。「ファンではない」と公言するのも、偏った感情ではなく、冷静な判断として支援しているのだという点を強調するためであろう。

そんな彼女を翻意させることなど、できるはずもない。

◇

西田徳広《とくひろ》は、毎朝、六時に自宅を出る。

灰色のスーツに革靴にネクタイ、手にはビジネスバッグ。家を出て、通りを歩きだせば、すぐに通勤の波に呑まれ、誰とも区別することのできなくなる、平凡な一般男性だ。

最寄り駅の改札口は、線路を挟んだ反対側にあるので、高架をくぐらなければならない。高架下のコンクリート壁には、様々なスプレーでの落書きがあった。何度も白く塗り直され、そのたびに新たな「キャンバス」に落書きが施されるという悪循環の結果、厚化粧のようなぼってりとした印象の壁には、まるでつた植物の侵食のように、落書きが増殖していた。

その「落書き」の一つに眼が留まる。

——がんばれ、西田徳広！

西田は一瞥すると、落書きに向けて丁寧にお辞儀をした。よく見ると、西田に向けた落書きは、その一つだけではなかった。

——西田さん、応援しています
——西田徳広さん、今日も頑張ってください

彼の歩く先々に、電柱の落書きや、不法に貼られた貼り紙があった。西田はいちいち立ち止まり、律儀にお辞儀をしてゆく。

彼のマンションから会社までは、通常であれば一時間弱で着くはずだ。だが彼は、倍近い時間をかけて、会社に辿り着くことになる。

始業の一時間前とあって、事務所内には誰も来ていない。

西田の朝一番の仕事は、ファックスの整理だ。夜のうちに届いたのだろう、ファックスが山となって積まれていた。

彼はその束を抱えて、自分の机に戻ると、仕分けを開始した。見積書と照会文書の二通を除いて、他の数十件のファックスはすべて、彼にあてたものだった。

――西田さん、もうすぐですよね？　待ってますよ！

――ファイト、ファイト、西田さん

西田は、自分あてのファックスの束を丁寧に整えると、机の引き出しの下段に保管する。その下の分厚い束はすべて、過去に彼に届いたファックスなのだろう。

続いて彼は、パソコンを立ち上げた。課のメールボックスには、昨日の終業後から今朝までに、三百通以上の新着メールが届いていた。

そのほとんどは、やはり彼自身への激励メールだった。西田はそれを一件一件確認すると、自身のフォルダへと移し替えてゆく。

九時になると、社員も揃い、仕事が開始された。

彼は営業課に所属している。だが、他の男性社員が次々と外回りに出かけていく中、彼は事務所に残り、事務作業をしていた。彼の机には電話もなく、ただ彼は事務作業に没頭していた。

昼時になると、事務所には、出前やデリバリーサービスの業者が、ひっきりなしに訪れだす。かつ丼、ピザ、宅配弁当、寿司、蕎麦《そば》……。考えられる限りのメニューが届いていた。それはすべて、西田の机に並ぶ。

「お代はすべて、頂いていますんで」

デリバリー業者はそう言って、お金も受け取らずに去っていった。社員食堂や近所の定食屋等に連れだって向かう同僚たちを尻目に、西田はそれらを、黙々と喉に流し込んでゆく。

食事が終わったのを見計らうように、近所の喫茶店から、コーヒーの出前が届く。合計五杯。食後の「憩い」のはずのそれを、彼は義務のように飲み干していた。

昼休み、西田が外出するのに付き合う。彼は銀行のＡＴＭに向かった。

「お金を下ろすんですか？」

「いえ、残高照会です」

通帳をＡＴＭに通すと、ずいぶん長い時間、記帳が続く。いったいどれだけ記帳をしていなかったのかと、背後に並んだＯＬが迷惑そうに肩越しに覗き込んでくる。

ようやく記帳を終えた西田は、虚無的な瞳で通帳の記入を確認している。

「この三日間で、百二十件、三万四千七百十二円の振り込みです」

見せてもらうと、百円から数千円と少額ではあったが、振り込みが並んでいた。振込人の名前欄を見て、少し驚く。

——ガンバレニシダ
——ニシダオウエンカイ

この一年間の、西田に対する振り込みは、二百万円近くにのぼるという。彼はその一切に手を付けずにいる。

会社に戻りながら、彼はふと立ち止まって、ポケットから小型のカメラを取り出した。町の風景ではなく、自分の真上の「空」に向けて、シャッターを押した。

午後も彼は、事務仕事を続ける。彼のデスクのそばには電話もなく、電話のそばの社員が出払っていても、彼が取ることはない。

結局、彼は社内外の誰と関わることもなく、五時までの仕事を終えた。三十歳という中堅社員ではあるが、肩書きは何もなく、やっている仕事も統計資料の整理など、内部事務ばかりだった。決して閑職ではないが、中堅社員の仕事としては、いかにも物足りないものであった。かといって、社内で虐げられているという風もない。まるで腫れ物にでも触るように、彼は気遣われていた。

帰り道も、彼に向けた応援メッセージに行き当たるたびに、彼は深くお辞儀をして、二時間近くをかけて帰宅した。家に戻ると、朝は空だったポストの中は、手紙であふれかえっていた。

彼はリビングのテーブルについて、封筒を一通ずつ開けてゆく。

——西田さん、がんばってください

——ファイト！

——はやくテレビで姿が見たいです！

部屋着に着替えると、彼はパソコンを開いた。

インターネットを接続し、彼自身のブログを開いた。昨日のブログのコメント欄には、二百近くのコメントが届いていた。

――西田さん、応援しています。頑張ってください！
――西田さんの復帰を願っています

虚無的な瞳で画面をスクロールして、コメントをすべて見終えた彼は、ブログの管理画面を開いて、今日の日記を更新しだす。

――二月二十五日

今日はすこし曇り空だ。
雲は西から東へと、ゆっくりと動いてゆく。
明日は晴れるだろうか。

そうして、昼休みに撮った空の写真を取り込んで、彼の今日の「ブログ」が完成した。
彼は、毎日欠かさず、その日の天気をブログにアップし続けている。
それ以外、一切の情報を載せようとしない。

◇

インターネットが普及し、様々な情報を取得できるようになったのと同時に、個人が手軽に、自らの考えを表明できるようになった。そこで問題となってきたのが、ネット上での、個人のプライバシーの侵害や、誹謗中傷などの問題だ。

悪意を持った匿名の誰かによって個人情報が丸裸にされ、プライバシーが侵害されるケースは数多い。ネット上に個人情報や画像、映像が延々と残り続け、社会生活を送ることが困難になるケースが後を絶たなかった。

仲間内のSNSに上げていた飲酒の写真が広まり、大学退学に追い込まれた未成年者。アルバイト中に羽目を外して業務用の冷蔵庫に入り込んでしまい、世間からの猛非難の末に廃業した店から訴えられたフリーター男性。そしてついには、恋人とおふざけで撮った裸の写真が世間に出回ってしまい、自殺する女性まで現れた。

そこに至り、後手に回りがちな国による規制もようやく本腰が入れられ、インターネット上の表現の規制が強化された。匿名を隠れ蓑《みの》にした悪意の発言を取り締まるべく、警察はプロバイダーに利用者の情報開示を迫り、次々に検挙していった。

さすがに警察の「本気」を感じ取ったのか、一旦は、誹謗中傷は激減した。だが、どんな形の規制をつくっても、そこに「抜け道」を考える者は存在する。いや、抜け道を考えることの方が、むしろ楽しいと言えるかもしれない。

そこで生み出されたのが、ネットスラングとしての「応援」だ。ネット上では、誰もそれを「おうえん」とは読まない。振られるべきルビは「おいつめ」である。「あいつを応援しようぜ」とはすなわち、「あいつを追い詰めようぜ」を意味する。

応援とは、果たしてどんな時も、人を励まし、奮い立たせるものだろうか？　ストレスや心理的圧迫から心身消耗状態に陥った人物に「頑張って！」と言い続けることは、却って本人を追い詰め、逆効果しか生み出さないことは、誰もが知る所だ。

その「逆効果」を最初から期待したのが、インターネット上の悪意の「応援《おいつめ》」だったのだ。彼らはターゲットに対して、規制に引っかかる誹謗中傷を向けるようなヘマはしない。巧妙で狡猾で残酷だった。

整形疑惑があるグラビア・アイドルのSNSに「さすが天然美人、今日もお美しい！」とコメントし続けてノイローゼにさせ、他人の作品の「トレース」を噂された漫画家に、「こんな構図、よく思いつきましたね、すごい！」と感嘆のコメントを送り付け続けて断筆に至らせた。いわば、「褒め殺し」のネット版だ。

そして西田徳広は、ある誤解から、最大の「応援《おいつめ》」のターゲットにされてしまった。

七年前、一つの殺人事件が起こった。

当時大学生だった十九歳の女性が、湾岸の工業地帯の海に浮かぶバラバラ死体の姿で発見されたのだ。司法解剖の結果は、集団で暴行された挙句に殺害されたという、残忍極まりないものだった。奨学金で大学に通い、医者を目指す苦学生だったとあって、世間は同情一辺倒で、誰もが犯人の早期逮捕を望んだ。

にもかかわらず、遺体の損傷が激しく、目撃情報も乏しいことから、警察による捜査は難航した。結果、今に至っても重要参考人にすら辿り着いていない迷宮入り事件となっている。

捜査が進展しないのに伴って、事件の残虐性への怒りと、女子大生への同情から、ネットの中では、独自の「犯人捜し」が行われるようになっていた。ネットの口コミの中で、ある若者集団の名前が取沙汰されるようになったのはその頃だ。リーダー的存在だった西田徳広という人物の名前が、事件の首謀者としてクローズアップされてきた。

それは、俳優奥村達也の本名と同じだった。

もちろん奥村自身とは何の関係もない、出身地も年齢も違う、単なる同姓同名の人物だ。だが、奥村が芸能界から姿を消した時期と、事件の発生時期が重なることから、実は奥村がこの事件に関わっているのではとの憶測が生じた。

ネットの中の伝言ゲームは、憶測がすぐに断定へと変化しがちだ。しかもその伝播力は、本来の「口コミ」の時代とはけた外れだ。奥村が事件の首謀者だという根も葉もない噂は、瞬く間に「真実」として人々の記憶に居座ってしまった。

大手芸能プロダクションに所属していたからこそ、殺人事件が巧妙に揉み消された。奥村は、裏工作で多大な迷惑をかけた責任を取って、芸能界から追放されたのだ……。奥村の辿ってきた人生の点をつなぐ形で、ストーリーの線が引かれ、そこに勝手に脚色された色が付けられ、彼の人生は描き変えられた。

奥村は事務所を退社した後、芸名を捨て、本名である西田徳広として、この会社に入社していた。

「私自身も、後輩俳優に迷惑がかかってしまった以上、あれ以上事務所に雇ってもらうことはできませんでした。事務所の社長からこの会社を紹介してもらって、一からやり直すつもりで就職したんです」

俳優やマネージャー時代の闊達さは影を潜め、語り口は至って冷静だ。それは彼が大人になったからであり、サラリーマンとして生きる日々がそうさせたのだろうが、自らの言動を一つずつ、秤《はかり》の上に載せて重さを量るような慎重さをも感じさせた。

彼は一営業マンとして、この会社に骨を埋《うず》めるつもりだった。だが、そんな奥村に「応援《おいつめ》」は襲いかかった。

「営業先には、私と結んだ契約を考え直すよう促す電話やファックスが相次いで届き、得意先に迷惑をかけることになりました。ですから私は、外回りから外されました」

「しかし、奥村さんの仕事を妨害するのなら、それはカモフラージュとしての『応援』ですらないのでは？」

営業成績が下がるような妨害をしておきながら、それを「応援」だと言い張ることができるはずもない。

「彼らは、私の仕事を妨害することを主目的にしているわけではありません。ただ、『奥村さんの俳優復帰を早めるために、配慮をお願いします』と、あくまで低姿勢に、そして継続的、断続的に『応援』をし続けるのです」

「つまり、奥村さんの営業成績が下がれば、会社に居づらくなり、俳優への復帰が早まる、ということですね」

その結果、彼は事務に回され、外回りをすることはできなくなった。手ごたえを感じていた営業職には、二度と就くことはないだろう。内勤となったものの、彼は電話も取ることができない。彼が電話に出るとわかったら、「応援」の電話が鳴りやまないからだ。

「私を応援するのも、昔の俳優時代とはまったく違う人々でしょう。私がかつて奥村達也として出演したドラマや、芸能界を辞めるに至った経緯についてすら知らない人がほとんどのはずです」

「彼らはいったい、奥村さんに何を望んでいるんでしょうか？」

表向きは、奥村の芸能界復帰を望んでの行動であるが、彼らの目的が別にあることはわかりきっている。

「私が女子大生殺人事件の犯人だと自白すること……。これに尽きるでしょう。ですが、自分が関わってもいない、単なる同姓同名の人物の行動について、私が何か言えるはずもありませんし……。八方塞がりです」

ターゲットとされた者には、際限のない精神的、物理的両面での「応援《おいつめ》」が繰り返される。それは、取材した奥村の一日を振り返ってみればわかる。彼への応援に名を借りた嫌がらせは、枚拳に暇がない。

もちろん、勝手に出前が頼まれて、代金の支払いを請求されるようであれば、奥村は被害者として警察に相談し、相手を諭すことができる。誰か一人でも逮捕されれば、抑止効果もうまれて、そうした行為も終わる時を迎えるだろう。

だが「彼ら」は、そんな愚は犯さない。人々の際限のない「善意」に対して拳を振り上げても、振り下ろす場所はない。

「どうして奥村さんは、見知らぬ誰かの『応援』を、甘んじて受け入れているんですか？」

「結構です！」と拒否し続けていれば、いつかは自然消滅してしまうのではないのだろうか？

「私が、彼らの応援に対して感謝の気持ちを表すのを一度でも怠れば、彼らは応援が足りないと考え、今まで以上に私を応援しようとしてきます。今の応援も、私が素直に受け入れているからこそ、ここまで減ってきたわけです」

「応援《おいつめ》」によって人生を根底から覆された人々は数多い。それらの失敗を踏まえて、奥村は今、「応援《おいつめ》」を退けもせず、受け入れてゆく方針を貫いている。

「私の行動が筒抜けなのは、会社の誰かがネット上にリークしているからです。私の行動は、社内でも監視されています」

「社内にも、密かに『応援《おいつめ》』に加担する人がいるということですね」

「ええ、社内の人間しかわからない私に関する情報も、ネットには筒抜けになっていますし、私の給与振込口座にお金が振り込まれるのも、会社の中に内通者がいるからに他なりません」

会社の中でも、名乗り出ることのない誰かの「応援《おいつめ》」の監視は続く。

「届いたファックスや出前をおろそかにしている姿が見つかれば、すぐさまそれはネット内に私の情報として拡散されます。もちろん、悪意の形ではなく、完全なる善意を装って。応援が足りないから西田さんは不満に思っているんだ、という形でね。そして翌日からは、数倍のファックスや手紙が届き、仕出し弁当や出前で溢《あふ》れかえる……」

彼の言葉は、諦めすらも超越した、乾きに満たされていた。

ひたすら空の様子だけをアップし続けるブログも、「応援《おいつめ》」をこれ以上刺激せず、かといって何も情報を与えずに、「心配」という名目で更なる「応援《おいつめ》」の口実を与えもしないための、窮余の策であった。

こうした「応援《おいつめ》」によって、心の均衡を崩し、ついには自殺にまで追い込まれた者もいる。

心の消耗を抑え込むべく奥村が身に付けた無表情さは、かつての彼の、人を惹き込まずにおかない魅力を、少しずつ削り取っていったのだろう。今、道ですれ違っても、彼を振り向く者は誰もいない。

◇

かつて一世を風靡《ふうび》したものの、最近は家族の醜聞や金遣いの荒さ、異常な性癖の噂などでばかり取沙汰されていた海外のポップスターがいた。ところが彼が突然の死に見舞われるや、掌を返したように賞賛一辺倒になり、「永遠のポップスター」に祀《まつ》り上げられてしまったのは、記憶に新しい。

もちろん違和感を覚える向きもあったが、賞賛の嵐は、それらを雑音として吹き飛ばしてしまった。今では彼を批判する声など聞くことすらできない。

これは神格化、という形での、思考停止した「応援」の形であろう。「カリスマ」、「美人過ぎる〜」、「神」など、「最上級」を表すはずのお手軽な褒め言葉は、世間に溢れ返っている。

――六月六日

晴れている。
薄い雲が時折現れては消えてゆく。
今日は、いつもと風向きが違うようだ。雲はどこへとも知れず、運命のままにながれてゆき、そして消える。
今日も晴れている。

一年前の奥村の「最後のブログ」は、相変わらず、何の変哲もないその日の天気を綴ったものだった。

閲覧者のコメント欄には、日々、コメントが増え続けている。最後のブログのコメント欄は、まもなく三万件に達しようとしている。

ブログの最終更新日を最後に、奥村は会社を辞め、姿を消した。親しかった友人にも行き先を告げず、何の前触れもなく、忽然と消息を絶ってしまったのだ。

どこかでひっそりと隠棲《いんせい》しているという噂。海外を放浪しているという確証のない目撃譚。そして、自殺の名所と言われる場所へと向かう姿を見かけたというネットの書き込み……。

真相は、誰にもわからない。

だが、奥村もまた、「失踪」という形によって神格化されてしまった。

今の若い世代にとって、奥村は「伝説の人物」である。

人気絶頂で芸能界を引退し、後輩俳優に自分にはない才能を見出してすべてを注ぎ込み、誰にも言わずに姿を消す……。何かの物語の中の、さすらいの風来坊のイメージそのままの姿は、まさに神格化されるに相応しいものだったろう。

〈奥村達也名言BOT〉

――「演じる」ってのは、役を自らに引き寄せることじゃあない。

自分の人生の分岐点までさかのぼって、その人生を「生き直す」ってだけさ。どうだい、簡単なことだろう?

――失敗だって?

あんたがそう思うんならそうだろうさ。

だけど「失う」ってなんだ?

俺たちはみんな、素っ裸のゼロから始まったんだぜ?

失ったんじゃねえ。「元に戻った」だけさ。


ネット上では、奥村が短い俳優時代に語ったとされる「名言」が、コピー&ペーストされ、繰り返し拡散され続けている。

だが、それらはすべて、他の俳優や有名人の名言を彼の発言として剽窃《ひょうせつ》したものであり、奥村自身が語った言葉ではない。

彼自身はまったく関与することなく、「伝説」はつくり上げられ、増殖していった。奥村が姿を消したことにより、その「名言」を否定する者も、訂正する者もいない。

奥村は、俳優デビューから十年を経て、新たな人気を獲得していた。だがそれは、奥村自身の本質とは何も関係のない、受け取る者が誰もいない、空虚なものであった。

◇

「私は、奥村さんの志を継ぐ後継者として、ネット上では祀り上げられています」

自らのことを語っていながら、まるで他人事のように、その言葉には感情が込められていない。奥村が役者の道を閉ざされ、マネージャーとしての人生を歩むことを決めた頃に、面倒を見ていた俳優Mだ。

ネット上では、奥村は自身の才能に限界を感じ、彼を育てることに力を注いだことになっている。そして今、教えることが何もなくなったからこそ、姿を消したのだと。

「私が後継者であると宣言し、神格化された奥村さんへの応援を引き継げば、労せずして、多くの人気を得ることができるでしょうね」

俳優Mは気弱そうに、眼を瞬かせた。奥村が事務所を退社し、マネージメントを外れて以降、彼への「ゴリ押し」バッシングは収まった。だがそれ以来、これといった代表作もない脇役俳優になっている。再びの脚光は、願ってもないチャンスだろう。

「ですが、その応援は、いつか私が自分なりの道を選んで進もうとした時には、必ず牙を剝くでしょう。それが怖いのです」

祭壇へと祀り上げられた奥村の姿が虚像であるように、彼に向けられた後継者像も、つくられた姿に過ぎない。奥村のそばにいて、不特定多数から向けられる「応援」がどれだけ影響力があり、同時に恐ろしいものかを、身を以《もっ》て学んできた彼だ。奥村を「受け継ぐ」と宣言することには二の足を踏むところだろう。

「奥村さんに聞いてみたいですね。こんな時、どうするべきなのかを」

かつて「ゴリ押し」と批判された彼は、今はまた違う形の「ゴリ押し」の強い風を背中に受けている。だが、その風向きがいつ変わるかは、誰にもわからない。

◇

白く塗られた壁が陽光を反射し、青過ぎる空とのコントラストが、眼をくらませる。私は汗を拭いながら、石畳の坂道をゆっくりと登った。

街を見下ろす高台の、三階建ての小さなアパートメント。古くはあるが、きちんと手入れが施された、住み心地の良さそうな建物だ。らせん階段をのぼり、三階の一室をノックする。

「遠いところ、ようこそ。今日は暑いでしょう？」

洗いざらしのTシャツにジーンズ、小麦色に日焼けした肌。テレビで見ていた頃とは印象の違う姿だった。

「こっちに来たら、これを飲んでもらわなくっちゃね」

この地域特有の飲み方らしく、私のコーヒーには有無を言わさず大量の砂糖が投じられた。ベランダの小さなテーブルでくつろぎながら、話を始めた。

「奥村くんのことは、国を離れてからも気になってたの。彼は、自分のことをよくわからないまま、芸能界に入ってしまったみたいだったからね」

弟を心配する姉のように、女優Yは短く切り揃えた前髪の下で、眉根を寄せる。目尻に浮かぶ皺に、彼女が経てきた十年の時が刻まれているようだ。表情を変えるたびに印象が変わる変幻自在ぶりは、二役を完璧に演じ分けた昔のままだ。

「あのバッシングの結果、あなたはここにいるわけですが、当時のことを振り返って今、どう思っていますか？」

彼女は、コーヒーカップを手にしたまま、しばらく考えていた。

「あの後、私は国内での活動に見切りをつけて、すぐに海を渡ったの。海外の大手配給会社の映画に出演して、見返してやるってね。でも……」

気負いが気持ちを空回りさせたのか、彼女は映画のオーディションに立て続けに落ち、とても見返すどころではなかったそうだ。傷心と憤りとを抱えたまま、彼女は、好きな映画のロケ地であるこの地に辿り着いた。

「こっちの天気予報って、全然信用ならないの。一日お天気ですって断言するのに、土砂降りの雨になったり。雨が降るって言うから洗濯するのを控えてたらカンカン照りだったり……。そっちだったら、テレビ局に苦情が殺到するでしょう？」

「そうでしょうね」

各地の観測所や気象レーダー、気象衛星のデータにより、天気予報の精度は年々上がっているが、時には大きく外れることもある。大雪の兆候を見逃してしまったり、台風の進路予想が外れて大きな被害が出た場合には、天気予報は「お詫び」から始まる。

「それなのにね、こっちの人は予報が外れたって、怒りもしないで平気な顔してるの。最初に来た時なんて、晴れの予想だったのに三日続けて雨が降るもんだから、知り合った人に怒りをぶつけちゃったの。こっちの天気予報は無責任過ぎるって」

「その方は、なんと答えられたんですか？」

「あんたは、明日の自分が笑ってるか、泣いてるかわかるかい？　お天気の神様の明日の機嫌なんか、わかりゃしないさ……って」

その時の会話の相手を真似るように、彼女はオーバーに肩をすくめた。

「それを聞いて、すぐに決めたの。私はここで暮らそうって」

眼下には市街地が一望のもとに広がる。街並みの背後には、空との境目すらはっきりしない海が横たわっていた。海から湧き上がった雲が、強い風に切り分けられ、こちらに次々と向かい来る。雄大で見飽きない光景だ。

「ここはね、雲の流れがとっても速いの」

彼女は大きく伸びをして、空に気持ち良さそうに眼を細める。

「私が今、出ているのは、この国でしか上映されない、すごく規模の小さな映画ばかり」

コメディー、ホラー、サスペンス……。彼女はどんなオファーも断わらないし、演じる役柄も、ホームレスの少年から猟奇殺人犯の老婆まで、バラエティーに富んでいる。ひと時、自分ではない誰かの人生を「生きる」ことが、楽しくて仕方がないのだという。

彼女は何かを見つけ、坂の下の街並みに向けて手を振った。買物袋を抱えた長身の男性と、赤いワンピース姿の女の子が、坂道を登ってくる。

「夫と、娘が応援してくれてる。いつ変わるかわからない百万人の拍手と賞賛よりも、たった二人の応援の方が、私は大事だし、それで充分」

十年の時を経て、彼女は自分にとって必要な「応援」を手にすることができたようだ。

「熱狂的ファン」→「ネットパトロン」→「応援《おいつめ》」→「神格化」と、奥村を巡る応援は形を変えていった。それは雲の流れのように方向を定めず、意図せず形を変え、そしていつしか消えてしまった。予測することも、防ぐことも、誰にもできなかった。

「奥村くんは今、どこにいるのかな？　どこか遠くの国で、同じ空を見上げているのかもね」

都会のビルに切り分けられたいびつな空に、奥村は虚無的な表情でカメラを向けていた。今はすべての応援から解き放たれ、大きな空の下を、のんびりと歩いていることを願ってやまない。

「もし、奥村くんが雲みたいに流れ流れて、ここまで辿り着いたら、今度こそ彼と、いい恋人同士が演じられるかもしれないな」

海からの風が、彼女の前髪を揺らす。雲はとどまることを知らず、次から次へと生まれる。彼女と二人、しばらく、流れ来る雲を眺め続けた。

この作品は au の電子書籍ストア「ブックパス」で
電子書籍として先行配信された作品に加筆・修正したものです。
ブックパス　http://www.bookpass.auone.jp

〈著者紹介〉
三崎亜記　1970年福岡県生まれ。熊本大学文学部史学科卒業。2004年「となり町戦争」で第17回小説すばる新人賞を受賞し、デビュー。直木賞、三島由紀夫賞の候補ともなった同作は、映画化もされベストセラーに。著書に『バスジャック』『失われた町』『廃墟建築士』『逆回りのお散歩』『ターミナルタウン』『手のひらの幻獣』『ニセモノの妻』『メビウス・ファクトリー』などがある。

GENTOSHA

チェーン・ピープル
2017年4月20日 第1刷発行

著　者　三崎亜記
発行者　見城 徹

発行所　株式会社 幻冬舎
〒151-0051 東京都渋谷区千駄ヶ谷4-9-7

電話：03(5411)6211(編集)
03(5411)6222(営業)
振替：00120-8-767643
印刷・製本所：中央精版印刷株式会社

ISBN978-4-344-03100-5 C0093
幻冬舎ホームページアドレス　http://www.gentosha.co.jp/

この本に関するご意見・ご感想をメールでお寄せいただく場合は、
comment@gentosha.co.jpまで。